CRÔNICAS SÍSMICAS
LIVRO 1: ZÉFIRO DO PRENÚNCIO

Editora Appris Ltda.
1.ª Edição - Copyright© 2023 dos autores
Direitos de Edição Reservados à Editora Appris Ltda.

Nenhuma parte desta obra poderá ser utilizada indevidamente, sem estar de acordo com a Lei nº 9.610/98. Se incorreções forem encontradas, serão de exclusiva responsabilidade de seus organizadores. Foi realizado o Depósito Legal na Fundação Biblioteca Nacional, de acordo com as Leis nºs 10.994, de 14/12/2004, e 12.192, de 14/01/2010.

Catalogação na Fonte
Elaborado por: Josefina A. S. Guedes
Bibliotecária CRB 9/870

F852c
2023
	Frederico, Guilherme
	    Crônicas sísmicas : livro 1 : Zéfiro do prenúncio / Guilherme Frederico, Octávio Ferreira . - 1. ed. - Curitiba : Appris, 2023.
	    157 p. ; 23 cm.
	
	    Inclui referências.
	    ISBN 978-65-250-4235-0
	
	    1. Literatura fantástica brasileira. 2. Guerra. I. Ferreira, Octávio. II. Título.
	
	                                                                                CDD – 869.3

Livro de acordo com a normalização técnica da ABNT

Appris
editora

Editora e Livraria Appris Ltda.
Av. Manoel Ribas, 2265 – Mercês
Curitiba/PR – CEP: 80810-002
Tel. (41) 3156 - 4731
www.editoraappris.com.br

Printed in Brazil
Impresso no Brasil

Guilherme Tangerino
Octávio Ferreira

CRÔNICAS SÍSMICAS
LIVRO 1: ZÉFIRO DO PRENÚNCIO

FICHA TÉCNICA

EDITORIAL
Augusto V. de A. Coelho
Sara C. de Andrade Coelho

COMITÊ EDITORIAL
Marli Caetano
Andréa Barbosa Gouveia (UFPR)
Jacques de Lima Ferreira (UP)
Marilda Aparecida Behrens (PUCPR)
Ana El Achkar (UNIVERSO/RJ)
Conrado Moreira Mendes (PUC-MG)
Eliete Correia dos Santos (UEPB)
Fabiano Santos (UERJ/IESP)
Francinete Fernandes de Sousa (UEPB)
Francisco Carlos Duarte (PUCPR)
Francisco de Assis (Fiam-Faam, SP, Brasil)
Juliana Reichert Assunção Tonelli (UEL)
Maria Aparecida Barbosa (USP)
Maria Helena Zamora (PUC-Rio)
Maria Margarida de Andrade (Umack)
Roque Ismael da Costa Güllich (UFFS)
Toni Reis (UFPR)
Valdomiro de Oliveira (UFPR)
Valério Brusamolin (IFPR)

SUPERVISOR DA PRODUÇÃO
Renata Cristina Lopes Miccelli

ASSESSORIA EDITORIAL
Jibril Keddeh

REVISÃO
Mateus Almeida

PRODUÇÃO EDITORIAL
Jibril Keddeh

DIAGRAMAÇÃO
Bruno Ferreira Nascimento

CAPA
João Vitor Oliveira dos Anjos

*Não existe triunfo sem perda,
não há vitória sem sofrimento,
não há liberdade sem sacrifício.*

(J. R. R. Tolkien)

SUMÁRIO

SOBRE OS SÍSMICOS 9

1° CAPÍTULO
A LANÇA CÉU-ROMPENTE 11

2° CAPÍTULO
AS GRILHETAS CINTILANTES 22

3° CAPÍTULO
O MARTELO ÚLTIMA LEMBRANÇA 31

4° CAPÍTULO
A ARMADURA VULCÂNICA 41

5° CAPÍTULO
O CAJADO DOS VENTOS TEMPESTUOSOS 54

6° CAPÍTULO
O AFRESCO UTÓPICO DE DIAMANTE 67

7° CAPÍTULO
O MACHADO ENFERRUJADO DO CARRASCO 79

8° CAPÍTULO
O ANEL DA PROMESSA DERRADEIRA 89

9° CAPÍTULO
O MACHADO FORÇA INDOMÁVEL 94

10° CAPÍTULO
AS ADAGAS DA FÚRIA SOMBRIA 105

11° CAPÍTULO
A MAÇÃ DA LUZ RESPLANDECENTE 116

12° CAPÍTULO
O CÁLICE ABANDONADO CARMESIM 125

13° CAPÍTULO
A ALIANÇA CRAVEJADA 137

14º CAPÍTULO
O CANHÃO MAGNUM FLAMEJANTE 141

15° CAPÍTULO
A ESPADA LUZ INCANDESCENTE 150

EPÍLOGO
A IMPERATRIZ DAS SETE COROAS 155

SOBRE OS SÍSMICOS

Os sísmicos são seres humanoides que possuem na composição de seus corpos alta concentração de componentes minerais, tais como o minério de ferro, o cobre e o zinco. Por conta dessa condição, a pele dos sísmicos possui uma aparência acinzentada. Existem, no entanto, algumas variações de coloração, a depender do tipo de minério mais incidente em cada família. Seus cabelos parecem, aos olhos de quem os vê, cristais que refletem a luz do ambiente, o que acaba por impor à aparência dos sísmicos um ar de grandeza.

O ar de superioridade que os sísmicos carregam tem, também, muito a ganhar com a estatura média da raça, que é cerca de um metro a mais do que a dos humanos, o que contribui, claro, para impor medo aos que ousam desafiar um sísmico. Porém, além da força e resistência proveniente dos elementos em sua composição, os sísmicos são dotados de magia, conhecidos principalmente pela capacidade de forja e manipulação de armas e artefatos mágicos.

Não à toa, as nobres famílias dos seis continentes ao redor do mundo possuem sísmicos como parte de seus conselhos militares. Assim sendo, não demorou muito para que sísmicos se tornassem uma poderosa ferramenta nas diversas disputas por territórios ao longo do tempo.

A gestação dos sísmicos não é fácil, uma vez que, por conta de sua natureza morfológica, os bebês de cada família precisam sobreviver aos diversos elementos presentes no corpo da mãe. Além disso, quando uma sísmica está no período fértil, e ocorre a fecundação do embrião, uma gema é formada. Esta sempre se divide em duas metades, e por conta disso a gestação dos sísmicos, inevitavelmente, gera gêmeos.

Um dos irmãos possui poderes de forja, ou seja, possui a capacidade de criar, por meio de magia, armas e artefatos mágicos. O outro irmão possui poderes de manipulação, portanto, consegue manejar de forma primorosa uma arma mágica, na maioria das vezes criada pelo seu irmão. Quanto maior for a ligação mental e harmonia entre os congêneres, maior é o desempenho da dupla no campo de batalha.

Os Slate são uma nobre família de sísmicos que serviu a alguns dos clãs amazônicos mais importantes, no leste do continente Olimpus. Essa família teve um papel fundamental durante os vários confrontos contra os bárbaros, habitantes a oeste do continente, inimigos naturais das amazonas. Durante os últimos confrontos, as habilidades lendárias dos Slate têm sido superadas pelas mais jovens descendentes da família: Anidria e Anadrai, uma dupla oxiomante como nenhuma outra.

As armas forjadas pela brilhante Anadrai e manipuladas de forma primorosa por sua irmã, Anidria, auxiliaram diversas vezes Syfa, *A Rainha das Quatro Coroas*, durante os confrontos entre os impérios bárbaros e amazônicos. Há muito a nobre terra de Olimpus sofre com a divisão entre amazonas e bárbaros, porém, graças às reviravoltas do destino, isso está prestes a mudar...

1° CAPÍTULO

A Lança Céu-Rompente

No início dos tempos, o continente de Olimpus era composto por sete territórios, que formavam o Império Bárbaro. Estes territórios eram comandados unicamente por bárbaros, que subjugavam todos os habitantes para realizar suas vontades. Foram muitos anos de tirania. As mulheres eram vistas apenas como mercadorias, e não tinham os mesmos direitos dos homens. Dessa forma, por conta do machismo presente nas construções políticas do Império Bárbaro, a jovem herdeira do trono, Lyandra, não pôde reinar por conta do seu gênero. Por essa razão, seu irmão mais jovem, Anterion, foi coroado imperador.

Assim, mesmo sendo mais forte que seu irmão, Lyandra foi considerada inapta para o trono, ainda que ele fosse seu por direito. A garota foi colocada como serviçal de seu irmão, porém, por conta de sua natureza transgressora, seu sangue fervia devido a tamanha injustiça. Por essa razão, Lyandra juntou-se a diversas mulheres, as quais estavam cansadas da subjugação imposta pelos homens, e montou um exército para reivindicar seus direitos e o de todas as mulheres de Olimpus.

A jovem travou diversas batalhas sangrentas contra seu irmão. A primorosa lutadora conseguiu derrotá-lo em quase todos combates, tomando para si metade do continente e expulsando os bárbaros para o oeste de Olimpus. As vencedoras fundaram, assim, A Grande Nação Amazônica. Alguns anos depois, Lyandra foi coroada como a primeira rainha amazona: Lyandra, *A Rainha das Quatro Coroa*s. Este período foi nomeado como A Grande Divisão, e marcou para sempre a História de Olimpus.

Após quinhentos outonos d'A Grande Divisão, o continente de Olimpus seguiu sendo governado por um rei bárbaro e uma rainha amazona. Os quatro reinos localizados ao leste do continente são liderados pela brava rainha amazônica Syfa. Os três reinos localizados ao oeste são liderados pelo glorioso rei bárbaro Tiberion, que busca honra em combate, como os guerreiros do passado.

Ambas as nações se atacaram mutuamente, contudo, há anos não havia grandes combates em Olimpus, visto que ambas monarquias respeitavam as delimitações territoriais. Porém, essa situação estava prestes a mudar. Em um dia chuvoso e com muitas nuvens, um mensageiro chegou ao Castelo da rainha Syfa, localizado no reino de Calôndia, aos prantos e esgotado.

— ...Me chamo Frig. Sou mensageiro da Vila do Lago Celeste Leste, e trago notícias para a rainha Syfa — disse Frig exaurido.

— Não funciona assim meu amigo, nossa rainha não recebe qualquer um — disse Anidria, sísmica que faz parte da guarda pessoal de sua rainha, em tom sarcástico.

— As notícias que trago são de grande importância: ELES ESTÃO NOS DIZIMANDO!

Frig levanta seu braço direito, e mostra seu braço esquerdo, sua mão fora decepada. A imagem apreende as gêmeas Anidria e Anadrai, que demonstraram certo nervosismo.

— Guardas, chamem a rainha imediatamente — disse Anadrai.

Syfa chega rapidamente, com um olhar sereno e benevolente.

— Majestade este é Frig, um mensageiro da Vila do Lago Celeste — diz Anadrai.

— Majestade..., disse Frig ofegante. Tenho notícias sobre as fronteiras, os bárbaros estão nos atacando, diversas vilas estão sendo queimadas, e seus aldeões escravizados ou tendo destino pior... Minha esposa era amazona, trabalhava como guarda na nossa vila, ela e as outras guardas tentaram nos proteger durante o ataque... porém, os bárbaros estavam em grande número. Após renderem as guardas, eles... — Frig começa a se engasgar com o choro.

A rainha, na tentativa de acalmar seu súdito, diz:

— Se acalme, meu senhor, vejo que passou por momentos difíceis, porém, eu preciso das informações para que eu possa ajudar meu povo!

Frig, depois de escutar as palavras benevolentes de sua Majestade, recobra a consciência e continua seu relato:

— Aqueles homens... eles as violentaram... rasparam seus cabelos e as amarraram em cavalos por cordas... eu tentei soltar o corpo da minha esposa... pobre Jun... foi quando um deles percebeu, e desferiu o golpe na minha mão, que foi decepada... enquanto agonizava de dor, eles zombaram de mim... depois disso, eles atacaram meus dois filhos, que foram dilacerados em um único golpe.... e então... perdi a consciência... — disse Frig às lágrimas.

Anidria, Anadrai e as amazonas ao redor ficam enfurecidas.

— Pelos deuses, quanta crueldade! — disse Syfa, vislumbrando os vários flashes de corpos mutilados, lembranças das batalhas que participou em sua infância com sua mãe, a famigerada rainha Cerina.

— Agradeço por sua coragem e determinação Frig, que a grande Mãe interceda por você. E lhe prometo, vou encontrar os responsáveis e vou fazê-los pagar. Guarda, leve Frig à Sacerdotisa e peça que ela trate de suas feridas. Anidria e Anadrai, convoquem todos os quatro reinos, tenho um comunicado a fazer — disse Syfa imponente.

Passados alguns dias após o chamado da rainha, as representantes dos quatro reinos se reuniram no grande salão do castelo de Syfa. Não à toa, todas estavam ansiosas e preocupadas quanto ao motivo pelo qual foram chamadas. Embora as amazonas fossem exímias em batalhas, temiam pela segurança do reino amazônico e por sua população.

— Irmãs amazonas, fui informada recentemente que estamos sendo atacadas em diversas vilas que fazem fronteiras com o território bárbaro. Nossas irmãs que tentaram combater tamanha covardia foram violentadas, humilhadas e abatidas como porcos. Os aldeões estão sendo transformados em escravos para alimentar a ideologia insana bárbara... jamais permitirei, jamais. Se é guerra que estão procurando, iremos levá-los à guerra. Porém, e é por isso que eu gostaria de lhes dizer isto pessoalmente, acredito que, com o fim desta guerra, receberemos um continente unificado, e livre da escória bárbara. Vocês estão comigo, irmãs? — proclamou Syfa.

Todas no grande salão deram um grito de guerra.

— Ângela, Jana, Anidrix e Lívia, minhas generais, peço que tragam as tropas que estão sob seus comandos para encerrarmos a tirania bárbara! — continua Syfa de forma imponente.

— Sim, Majestade — respondem as generais amazonas de prontidão.

Dias depois, as amazonas se reuniram nas planícies de Tyah, que ficavam localizadas na fronteira entre os reinos de Tyah e Calôndia. As guerreiras prepararam um acampamento grandioso. Amazonas de todas as partes dos quatro reinos chegaram ao assentamento, e inúmeras outras chegariam logo mais. Dentre aquelas mulheres que esperavam pela batalha, não era difícil reparar nos sísmicos que caminhavam entre elas. Dentre esses, Anidria Slate e Anadrai Slate chamavam atenção das amazonas, não só porque tinham uma expressão serena, que indicava calmaria diante da barbárie iminente, mas também porque a reputação das irmãs as precedia.

O reino de Calôndia, comandado pela general Ângela, é especialista no treinamento de cavaleiras e guerreiras. O reino de Garindar, comandado pela general Jana, é especialista no plantio e pesca, além de ser responsável pela manutenção da frota naval de sua Majestade. O reino de Kerindor, comandado pela general sísmica Anidrix, é especialista em mineração, na forja de armas, armaduras e armas de cerco. Anidrix é tia avó das gêmeas Anidria e Anadrai. O reino de Salfina, comandado pela general Lívia, é especialista em arquearia, combate furtivo e caça.

Com a movimentação nas fronteiras, os vilarejos bárbaros logo alarmaram seu rei. Em um dia ensolarado, um mensageiro chega ao castelo do rei bárbaro Tiberion.

— Me chamo Gurod, vim entregar uma mensagem do bárbaro Kenerel, ao rei Tiberion — disse Gurod ansioso, aos guardas.

— Guardas, deixem o homem passar! Kenerel, aquele bastardo, quase nunca escreve, deve ser algo importante — disse Tiberion, sarcástico.

Gurod entrega o pergaminho a Tiberion. Na mensagem o rei pôde ler:

Caro Rei Tiberion,

As amazonas estão organizando um assentamento enorme nas fronteiras. Meus batedores identificaram que estão chegando amazonas de todos os quatro reinos amazônicos. Tenho motivos para acreditar que irão realizar um ataque de grande magnitude. Peço a ajuda de Vossa Majestade, pois o reino de Tyah não irá resistir.

Tiberion fica com o semblante preocupado.

— Gurod, volte à Tyah, diga a Kenerel que a ajuda irá chegar — disse Tiberion preocupado.

— GUARDAS, CHAMEM O CARTÓGRAFO IMEDIATAMENTE! — berrou Tiberion.

O cartógrafo, um bárbaro relativamente baixo, de cabelos ruivos e expressão serena, chega rapidamente à sala do trono. Empunhando um extenso rolo de papel, caminha com dificuldade até o rei e diz:

— Vossa Majesta... — porém, antes que pudesse terminar, o cartógrafo é interrompido por Tiberion, que diz:

— Mexa-se, precisamos enviar cartas para os reinos de Luctor e Brandor.

O cartógrafo pega pergaminhos em branco, e diz em seguida:

— Qual é a mensagem, Majestade?

Tiberion dita:

— Estamos sob ataque amazônico, vocês devem enviar imediatamente todas as tropas às fronteiras de Tyah. Em alguns dias vocês poderão me encontrar lá, tragam mantimentos e armamentos. Acredito que seja prudente convocar os sísmicos, uma vez que, como sabemos, as amazonas possuem sísmicos até mesmo em governos de certas regiões de seus reinos.

Após alguns dias, os bárbaros se reuniram no reino de Tyah, e montaram o assentamento para que pudessem se preparar para a batalha. Havia bárbaros dos 3 reinos sob o domínio de Tiberion. O reino de Tyah, comandado pelo bárbaro Kenerel, é especialista no treinamento de guerreiros com machado e pilhagem de espólios. O reino de Luctor, comandado pelo bárbaro Gandril, é especialista em mineração, na forja de armas, armaduras e armas de cerco. O reino de Brandor, comandado pelo bárbaro Astril, é especialista no plantio, na criação de animais e em arquearia.

Com o passar dos dias, milhares de amazonas e, também, milhares de bárbaros chegavam em seus respectivos assentamentos. Esses guerreiros traziam cavalos, armas de cerco e suprimentos para a guerra. Além disso, como a nobre terra de Olimpus sempre fora marcada por batalhas, muitos já se conheciam e aproveitavam o momento para que pudessem colocar as histórias em dia. Tanto do lado bárbaro, quanto do lado amazona, podia-se ver bardos tentando compor canções sobre o conflito que agora assola o continente.

Passados poucos dias, chegara o momento do combate. Em um dia chuvoso, Syfa, *Rainha das Quatro Coroas*, reúne suas tropas no limítrofe da Planície da Mulher Morte, lugar onde há muito bárbaros e amazonas se enfrentavam. Utilizando um elmo e armadura dourada reluzente forjada por Anadrai, montada em seu corcel branco e empunhando a Lança Dourada Céu-Rompente, que outrora pertencera à sua mãe, ela inicia seu discurso:

— Irmãs de escudo, durante minha coroação eu jurei proteger vocês com a minha vida, até meu último suspiro! Contudo, hoje peço para vocês arriscarem tudo para proteger nossas casas, nossos reinos. Esta batalha ficará marcada como o segundo levante amazônico, em que não abaixaremos nossas cabeças e aceitaremos a tirania bárbara, que por séculos marcaram esta terra com sangue e brutalidade. Em nome de Lyandra, a primeira, vocês estão comigo para vingarmos nossas irmãs e iniciarmos uma era de paz e prosperidade?

Após o discurso, ela levanta sua lança, fazendo o céu se abrir e um feixe de luz a ilumina. Mais uma vez, as habilidades lendárias da jovem forjadora Anadrai mostravam sua cara. As amazonas ficam inspiradas quando a luz que toca a rainha é refletida pela sua armadura, alcançando cada uma das milhares de guerreiras presentes. De sobejo, pode-se escutar os tambores de batalha amazônicos ressoando fortes batidas em compasso com gritos de encorajamento. A general Ângela grita: "guerreiras e cavaleiras em posição de combate!".

As guerreiras, munidas de uma espada e um grande escudo, formam a linha de frente e as cavaleiras, montadas em cavalos e munidas com uma lança, assumem a retaguarda. Diversas catapultas e balistas foram alocadas ao fundo do exército amazônico, e então a general Anidrix ordena: "recarreguem, e aguardem as ordens da rainha". As arqueiras ficam posicionadas à frente das catapultas e balistas. Com uma voz estrondosa, que parecia ser maior do que o cano de guerra amazônica, a general Lívia diz: "Arqueiras empunhem suas flechas, e aguardem o sinal da rainha".

Ao perceber a organização amazônica, os bárbaros começam também a se organizar. Sabiam que seria vital construir uma defesa sólida, uma vez que o ataque amazônico é rápido e impiedoso.

— Báááááárbaros, em posição! — disse Tiberion prontamente. — Hoje defenderemos nossas terras dessas mulheres que nos atacam por nada!

Munido de um elmo feito da cabeça de um leão e vestindo a pele do animal, montado em Zion, o leão mágico de Vossa Majestade, Tiberion empunhava seu grande martelo de guerra: A Última Lembrança. Devido ao seu peso, apenas os bárbaros mais fortes conseguiram empunhá-lo durante as gerações. Esse artefato, forjado há centenas de anos por um sísmico bárbaro, foi passado de pai para filho até chegar à mão de Tiberion, *o Rei Bárbaro do Oeste*. Confiante e animado, já que era da natureza dos bárbaros o combate, o rei inicia seu discurso:

— Hoje entramos no campo de batalha com a ferocidade de um leão, defenderemos nossas terras que foram conquistadas com grandes sacrifícios. Hoje honraremos os que vieram antes de nós e faremos o chão tremer com nosso caminhar!

Os bárbaros são tocados pela ferocidade de seu líder, e então todos levantam seus machados e dão um grito de glória.

O general Kenerel grita: "bárbaros, assumir posição de defesa!!!". Os bárbaros, munidos de seus longos machados de guerra, formam a linha de frente, outros bárbaros montados em suas bestas de batalha e munidos de marretas formam a retaguarda. A maioria estava trajada com uma armadura pesada, que poderia dificultar os movimentos. Todavia, desde muito novos, os bárbaros são treinados para que possam fazer uso desse tipo de equipamento.

Os arqueiros ficam intercalados com as catapultas e balistas, e estas estão localizadas em cima do Forte do Crepúsculo, construído com o intuito de receber um ataque de grande magnitude. Os bárbaros Astril e Gandril ordenam que os arqueiros, catapultas e balistas se carreguem e aguardem as ordens de Tiberion.

Syfa lidera o ataque, com Anidria e Anadrai cobrindo sua retaguarda. Anidria estava munida de uma espada curta e Anadrai, com seu martelo embainhado. E todo o exército de amazonas se lança no combate. Syfa grita: "amazonas, atacar!". Syfa brevemente pensa: "que a deusa Derina esteja do nosso lado".

Tiberion, levanta sua corneta, que era feita do chifre de um grande bisão, e a toca e grita: "atacaaar!".

De ambos os lados, guerreiras e guerreiros correm para um destino incerto. A verdade, ainda que possa doer, principalmente para os habitantes de outros continentes, é: amazonas e bárbaros sentem-se confortáveis na guerra! É através da luta que um guerreiro, ou uma guerreira, reconhece-se... Assim, sem hesitar, os dois exércitos se lançam na batalha. Rapidamente se chocam, e o início do combate é muito sangrento, com várias perdas na linha de frente de ambos os lados. Conforme o confronto foi ocorrendo, diversos bárbaros e amazonas perderam suas vidas, visto que ambos os exércitos lutavam com ferocidade e maestria.

A rainha Syfa, que lutava lado a lado com suas amazonas, observa uma abertura no exército bárbaro e avança em uma investida, com as irmãs Slate em seu encalço. Montada em seu cavalo, Syfa realiza ataques pesados e certeiros com sua lança, diretamente no peito dos inimigos. Muitas vezes, os ataques de Syfa atravessavam dois ou três inimigos em um só golpe. Anidria atacava com tanta maestria que os inimigos não tinham chance contra seus golpes. Anadrai controlava o terreno, mantendo os inimigos distantes utilizando seu martelo de forja e sua magia.

Nesse momento da batalha, aqueles que vislumbravam a rápida e certeira dança oxiomante dos Slate mal podiam acompanhar os movimentos das gêmeas. Parecia que, a cada situação necessária, um tipo de arma surgia para Anidria. Facas, lanças, espadas, escudos e até mesmo um Manriki Gusari, uma espécie de corrente com um peso na ponta. Anadrai, exímia forjadora, aprendera logo cedo as técnicas sísmicas de Sunna, e, dentre elas, a forja do Manriki Gusari era sua favorita.

A conexão mental entre as duas irmãs era primorosa. Por essa razão, toda investida de bárbaros contra a rainha era inútil. Dessa forma, não tardou para que as gêmeas Slate, junto de sua Majestade, abrissem uma trilha no interior do exército dos bárbaros, distanciando-se cada vez mais das tropas amazonas.

Em um determinado ponto da batalha, Tiberion, que percebeu a investida de Syfa, vai prontamente em direção a elas com seus bárbaros. Por conta do número deslocado para cercar a rainha Syfa, logo os bárbaros fecham as três amazonas.

— Anadrai, agora — disse Anidria por meio da ligação psíquica com sua irmã.

Anadrai levantou seu martelo e começou a recitar um encantamento em uma língua antiga. Logo, seus olhos mudaram de cor, tornando-se prateados. A forjadora Slate carrega seu martelo por alguns segundos e dá uma forte martelada no chão, formando um círculo dourado com runas antigas, fazendo surgir dois manguais. Rapidamente, Anadrai entrega as armas à sua irmã. Anidria muniu-se com os manguais e se lançou contra os bárbaros com tanta velocidade e compostura que estes não conseguiam se defender de seus ataques, já que não conseguiam acompanhar os diversos golpes que ela desferia. Ela era rápida como o vento, desferindo até oito golpes em apenas um segundo. Neste momento, as irmãs Anidria e Anadrai não emitiam nem um som, contudo, suas mentes estavam ligadas psiquicamente, como se as duas mentes fossem apenas uma, auxiliando-se na batalha.

Parecia que Anidria havia entrado em um estado de frenesi, e quanto mais bárbaros tentavam lhe atacar, mais a manipuladora cortava o vento em volta de si. Embora jovem, e relativamente inexperiente, a jovem Slate mal conseguia se conter de excitação. Dessa forma, com Anidria e Anadrai lutando contra os bárbaros, o combate entre Syfa, *Rainha dos Quatro Reinos* e Tiberion, *Rei Bárbaro do Oeste*, iniciou-se.

O confronto entre Syfa e Tiberion começa com os dois se encarando por alguns segundos. Porém, logo Syfa partiu para o ataque, desferindo um golpe pesado com sua lança no ombro direito de Tiberion. Ele acabou caindo de seu leão, que dá um rugido assustador. Ainda que tonto do golpe, o rei bárbaro se recompõe no chão e adota uma postura de combate defensiva.

A amazona o ataca novamente, assim, ele meio cambaleando desvia do ataque e tenta revidar. Contudo, Syfa se distancia, o que dá oportunidade para que Tiberion prepare um ataque do alto. Enquanto se recompunha, acompanhando os movimentos da rainha amazona, ainda que preocupado com seu povo, que parecia estar sendo subjugado pela violência amazônica, o rei parecia se divertir.

Syfa, em um movimento rápido, acerta as pernas de Tiberion, o que faz com que ele caia ajoelhado perante ela. Syfa se prepara para finalizá-lo, e pensa: "fácil demais!". Porém, em uma rápida investida, Tiberion dá um golpe de martelo que acaba acertando Syfa em cheio. A rainha dá um grito de dor. As sísmicas, desviando-se facilmente de golpes bárbaros, gritam junto: "minha rainha!".

Syfa, levemente desnorteada, cai do cavalo. Já sem ar devido ao golpe, ela retira seu elmo, revelando seu belo rosto com olhos esverdeados e longos cabelos vermelhos como sangue. Tiberion, ao vislumbrar Syfa sem o elmo, apaixona-se à primeira vista, fica paralisado durante alguns segundos apenas observando. De repente, repousa seu martelo no chão e ordena aos berros:

— Bárbaros, recuar.

Os bárbaros, sem entender nada, seguem as ordens dadas por Tiberion, pois, independentemente de qualquer coisa, a ordem do rei deveria ser seguida a qualquer custo. Recuaram do campo de batalha, não antes de recolherem seus mortos, para prestarem as devidas honras aos bárbaros mortos em combate. Para eles, os ritos funerários são momentosos, visto que por meio deles, seus espíritos guerreiros são guiados até o além-vida, assim unindo-se a seus antepassados e aos deuses.

Syfa se recompõe e fica por algum tempo pensando em Tiberion, sem compreender sua atitude. Mesmo assim, ela ordena que alguém o prendesse. Velozmente Anidria desfere um golpe com o mangual na cabeça dele, e o rei bárbaro desmaia instantaneamente.

— Amazonas, a vitória é nossa. Recolham os corpos das nossas irmãs caídas no combate. Todas morreram como guerreiras honradas, defendendo nossa nação! Preparem os ritos funerários para que seus espíritos sejam guiados à Grande Mãe — disse Syfa eloquente. — Enquanto isto, irmãs, pessoalmente levarei este tirano a julgamento, e o farei pagar por todos os crimes cometidos contra nossa nação, lhes dou minha palavra. Guardas, amarrem-no e coloquem-no em um cavalo, seguiremos para a Gruta Cintilante.

As guardas amarram Tiberion e o colocam em um cavalo, Anidria e Anadrai conduzem o cavalo logo atrás de Syfa e são acompanhadas por algumas guardas amazonas. Cansadas, mas felizes pela vitória, as amazonas tomam o caminho para a Gruta Cintilante. Chegando lá, as guerreiras iniciam um canto de vitória, enquanto recolhem os corpos das caídas na batalha. Diversas carroças chegam ao local. Os corpos são colocados nelas para serem levados ao Vale Tempestuoso, local onde serão realizados os rituais fúnebres das amazonas.

Após várias horas, todos os corpos são recolhidos e colocados nas carroças. Por fim, chega uma sacerdotisa da deusa Asterid, que inicia uma prece para acalmar os espíritos e acompanhar os corpos durante o caminho para o Vale Tempestuoso. Assim, ao som de uma canção de lamento, as carroças são conduzidas pelas estradas até o Vale Tempestuoso. Eram diversas carroças, e não demorou para que os entes queridos das amazonas mortas em batalhas chegassem para prestar homenagem àquelas mulheres que deram a vida por sua liberdade. Assim, forma-se um longo cortejo que caminha a uma só voz pela estrada.

Chegando no Vale Tempestuoso, já ao anoitecer, diversas fogueiras foram formadas. Em cada uma delas, foi posicionado o corpo de uma amazona caída em batalha, os entes queridos da caída ao redor da fogueira com tochas nas mãos. Após algum tempo de respeitoso lamento, com todos os corpos posicionados corretamente, e as fogueiras preparadas, a sacerdotisa tomou a frente. Ela portava um pássaro branco em suas mãos e logo inicia seu discurso, lamuriando:

— Cada uma destas grandes guerreiras lutou bravamente para proteger nossos reinos, nossos costumes e, acima de tudo, nossa liberdade. Suas mortes não foram em vão, cada amazona caída em batalha deu sua vida pelos nossos ideais e tudo que eles representam. Eu clamo à Deusa Asterid para que cuide de cada uma destas grandes mulheres; que lhes dê a paz e que contribua para que suas almas encontrem conforto. Que as chamas possam purificar seus espíritos, e este pássaro seja o guia de vocês até a Grande Mãe.

A sacerdotisa levanta seus braços e solta o pássaro, e os entes das caídas lançam as tochas acendendo as fogueiras. O pássaro voa bem alto, sobrevoando as nuvens, até desaparecer completamente. Todos iniciam uma música de lamentação em uma língua antiga, que remonta ao tempo em que os continentes eram só um. Com exceção da sacerdotisa-mor, ninguém sabia de fato os significados daquelas letras.

De repente, a música chega ao fim, e só se podia escutar o crepitar do fogo. Nem mesmo as crianças conversavam. Por várias horas todos permaneceram em silêncio, apenas observando as chamas. Com lágrimas rolando pelos rostos, agradecem mentalmente à Deusa pela coragem das filhas amazonas. Dessa forma ficaram os habitantes do lado leste de Olimpus... em respeitoso silêncio até que as chamas se transmutassem em cinzas... na esperança de um amanhã menos injusto...

2º CAPÍTULO

As Grilhetas Cintilantes

A caravana formada por Syfa, Anidria, Anadrai e as guardas amazonas segue o caminho até a Gruta Cintilante. Em determinado ponto, a estrada estava bastante irregular, uma vez que existiam ali diversos pedregulhos. Por essa razão, os cavalos oscilam o cavalgar, o que acaba por fazer o rei Tiberion murmurar ainda desacordado. Syfa, ao ouvir o murmúrio de Tiberion, antecipa-se e ordena:

— Anadrai, forje algo para segurá-lo, quero que ele fique bem preso.

Rapidamente, obedecendo à ordem de sua rainha, a sísmica começa a forjar o que lhe foi pedido. Os olhos de Anadrai tornam-se prateados, enquanto ela recita encantamentos antigos. Assim, a jovem sísmica carrega seu martelo por alguns segundos, e em seguida dá uma forte martelada em um par de grilhetas enferrujadas que estavam no chão. Depois disso, elas adotam um brilho prateado, que reflete todo tipo de luz com que entra em contato.

— Pronto, Majestade, estas grilhetas possuem a característica de ignorar qualquer força bruta realizada sobre elas, e só podem ser retiradas pelo sísmico que as criou... nesse caso, euzinha! — disse Anadrai orgulhosa.

— Agradeço, Anadrai.

Syfa, uma amazona criada nos costumes antigos, tinha por vezes dificuldades com os trejeitos de Anadrai e por isso sempre esteve mais ligada à sua irmã gêmea. Anadrai, ainda que seja internacionalmente conhecida como uma das forjadoras mais habilidosas ainda viva, tinha uma personalidade muito peculiar e, por essa razão, sempre teve dificuldade em conviver com outros, com exceção, talvez, de sua irmã gêmea.

Em primeiro lugar, a sísmica tem muita dificuldade em manter contato olho a olho com outras pessoas. Muito metódica, gosta de realizar seus estudos sobre forja ou magia em um lugar quieto, e disposto apenas de som ambiente. Além disso, mantém uma rotina rígida de estudo e só a quebra por ocasião especial, como no caso da batalha contra os bárbaros. Todavia, ainda que suas habilidades sociais sejam deficitárias, Anadrai é simplesmente obcecada pela forja e, diferentemente de sua irmã, possui um coração afetuoso, o que sempre lhe causa problemas. Um de seus principais sonhos é que o mundo seja mais carinhoso com os sísmicos.

— Anidria, prenda o rei bárbaro, assim evitaremos que essa escória dê mais trabalho — completa Syfa.

Anidria, que observava a cena com expressão compenetrada, realiza a ordem da rainha rapidamente. Assim, o grupo segue o caminho por todo o crepúsculo até o alvorecer, e após algumas horas chegam à prisão amazônica Gruta Cintilante, localizada no reino de Calôndia. A prisão foi construída dentro de uma caverna e, por isso, possuía diversas galerias e salões, suas paredes eram cravejadas por pedras preciosas e minerais reluzentes.

Guardas amazonas, antes mesmo da rainha ordenar, retiram o corpo todo machucado de Tiberion do cavalo. Ainda que cansadas da batalha, pairava no ar um sentimento de dever comprido, uma vez que, neste local quase sagrado, o rei bárbaro será julgado pelos atos cometidos contra a nação amazônica.

Os longos cabelos louro-avermelhados de Tiberion caíam sobre sua face suja de sangue. Essa com toda certeza não corresponde à impressão geral das pessoas, principalmente de seus súditos bárbaros, sobre o glorioso rei. Rapidamente, ele é levado ao salão principal da Gruta Cintilante, sendo posicionado no meio do salão. Esse lugar, que outrora foi o palco de vários julgamentos, era disposto de uma abertura no teto do salão. Assim, o bárbaro ficou sob um feixe de luz, o que deixava a situação mais cerimonial ainda.

Celermente, Syfa, diante das outras amazonas, colocara-se defronte a Tiberion. Disposta de uma feição imponente, a rainha dá ordem para que se comece o julgamento:

— Hoje, irmãs amazonas, daremos um grande passo para a unificação do nosso império, que irá marcar o fim deste era sangrenta que já ceifou várias vidas inocentes — disse Syfa imponente.

Tiberion desperta assustado com o clamor amazônico.

— O que... onde estou? Que coisas são estas nas minhas mãos?

As grilhetas refletiam a luz vinda do teto e das diversas pedras presentes na Gruta Cintilante.

— Você está na Gruta Cintilante, e está aqui para ser julgado pelos seus atos contra nossa nação — diz Syfa, que ficava irritada em pensar em quantas de suas irmãs precisaram morrer para que ela tivesse o privilégio de selar o destino do governante do oeste.

Anidria, já com a paciência esgotada, diz em tom sarcástico:

— Estas "coisas" vão te manter bem calminho.

— Atos? Que atos? — responde Tiberion à Syfa. — Vocês que invadiram meus territórios, declararam guerra sem motivo justo. E ainda contra mim, que, a contragosto de meus irmãos, tenho tentado deixar o território amazônico em paz!

Recobrando-se do que vira anteriormente no campo de batalha, o rei bárbaro diz:

— Onde está a mulher que vi no campo de batalha, com seus cabelos vermelhos como o sangue...

Percebendo a expressão adquirida por todas as guerreiras presentes no julgamento, Tiberion vê que havia feito besteira. Não à toa, diz Anidria:

— *Cale-se seu porco imundo, está desrespeitando nossa rainha.*

Syfa se aproxima de Tiberion. Os dois ficam frente a frente. Tiberion fica deslumbrado por alguns segundos, apenas observando o rosto e os cabelos da rainha. De repente, ele diz:

— Você!

Syfa:

— Poupe suas palavras, bárbaro, você irá precisar delas. Anidria inicie as acusações.

Anidria:

— Sim, Majestade. Tiberion, *Rei Bárbaro do Oeste*, sob seu comando os bárbaros invadiram os reinos de Calôndia e Kerindor, que fazem parte do território amazônico, dizimando diversas vilas e sequestrando seus cidadãos para serem vendidos como escravos ou terem destino pior. Irmã traga a testemunha de um dos ataques.

Anadrai busca a testemunha, e volta com uma pessoa encapuzada.

— Esta é a sobrevivente do ataque bárbaro à Vila Rochosa Leste do reino de Calôndia, seu nome é Sílvia — diz Anadrai.

— Obrigado, irmã. Sílvia pode iniciar seu relato sobre o dia do ataque — diz Anidria à mulher que agora era atenção de todos no salão, com exceção de Tiberion, que não conseguia manter seus olhos em outra coisa que não fosse Syfa.

Sílvia retira seu manto, mostrando a brutalidade que viveu. Todos ficam atordoados ao ver um rosto completamente desfigurado por golpes de lâmina, além disso, não contribuía à visão dos presentes o braço dilacerado da mulher. Rapidamente, mas sem dizer nada a ninguém, Anadrai fica intrigada. Acontece que a sísmica, por conta de sua obsessão pelo estudo de forja, percebera que aqueles cortes não haviam sido feitos por uma arma bárbara conhecida por Anadrai.

— Será que eles estavam produzindo armas com novos tipos de materiais, o que justificaria a mudança nos padrões de corte? — pensou Anadrai.

Compenetrada em seus pensamentos, a jovem Slate declara a si mesma que não, pois, caso novas armas estivessem sendo construídas pelo exército bárbaro, com toda certeza eles teriam as utilizado na batalha que acontecera há pouco, o que não foi o caso.

Syfa, contendo o choque que sofreu ao ver a mulher dilacerada, diz:

— O que fizeram com você... Que a grande mãe conforte seu coração.

— Agradeço sua benevolência, grande Majestad... — tenta responder Sílvia, porém, a amazona começa a tossir sangue, e cai no chão. Tiberion tenta ajudá-la, mas suas grilhetas o impedem. Syfa ajoelha-se na frente de Sílvia, e a ajuda a levantar.

Syfa prontamente diz:

— Anidria e Anadrai, ajude a Sílvia a se manter de pé.

Anidria e Anadrai dizem em uníssono:

— Sim, Majestade.

Sílvia tenta falar, contudo, tem dificuldades para fazer o relato:

— No dia do ataque, tudo estava normal na Vila. Acordei bem cedo para colher flores na floresta... nunca pensei que um dia tão bonito... Tinha colhido diversas flores e estava voltando para casa para arrumá-las nas cestas para vendê-las...

Sílvia para por um instante, como se não conseguisse acreditar no relato que precisaria dar à sua Majestade. Seria desrespeito se fugisse? De repente, retoma o acontecimento das coisas e continua:

— Então começou... eu estava na entrada da Vila, e ouvi o galope de vários cavalos; olhei para trás e tudo ficou vermelho... um bárbaro arremessou um machado no meu rosto, e eu caí no chão e ele passou em cima do meu braço com o cavalo, as flores... se misturaram ao mar de sangue formado no chão, e eu ouvi um dos homens gritar: "não faça isto com o gado". E então desmaiei, e quando acordei eu estava cercada de corpos dilacerados e minha vila era cinzas... tudo o que construímos...

Tiberion, contendo suas emoções e na tentativa de entender o que estava acontecendo, diz:

— Vossa Majestade, pelos deuses, eu nunca ordenei um ataque a esta Vila...

O rei bárbaro fica atordoado com o relato de Sílvia, e com náuseas devido à forte luz que era refletida pelas grilhetas.

Anidria, chocada com o que havia escutado de Sílvia, diz:

— Calado. Você não tem este direito, assuma seus atos.

Tiberion, ignorando o que a manipuladora sísmica lhe dissera, vira-se à Sílvia e diz:

— Sílvia... eu sinto muito pelo que você passou. Por um acaso, conseguiu ver qual era o estandarte dos responsáveis pelo ataque?

Sílvia, surpresa pelas palavras de Tiberion, diz:

— Antes de tudo ficar vermelho, lembro de uma bandeira com o símbolo de um corvo com os olhos vermelh... — Sílvia volta a tossir sangue e desmaia.

Syfa, de prontidão, ordena:

— Guardas, rápido, levem Sílvia para a sacerdotisa.

— Este não é meu estandarte! Vocês mesmas viram na batalha, minha bandeira é um leão dourado. E eu não ordenaria tamanha brutalidade, não atacamos vilas para transformar seus cidadãos em escravos, somos guerreiros, não comerciantes de escravos — diz Tiberion.

Anidria diz:

— Mentiras... seja honrado e assuma sua responsabilidade.

Syfa, que sempre foi uma líder compenetrada, diz:

— Tenha calma, Anidria, vamos ouvi-lo para entender a real origem destas atrocidades.

Voltando-se para Tiberion, Syfa lhe pergunta:

— Se a ordem não partiu de você, Tiberion, quem foram os responsáveis?

Tiberion:

— Não tenho certeza, mas há um tempo atrás fui informado sobre um novo assentamento, localizado ao norte do reino de Luctor. Suspeito que tenham sido eles, uma vez que são bárbaros que não estão sob meu comando. Mas como podem ter sido eles? Onde arrumaram os recursos necessários para realizar tantos ataques?

— Da venda de escravos — responde Syfa.

— Tenho que investigar a situação, mas não posso realizar desta forma — Tiberion levanta os braços acorrentados e presos pelas grilhetas.

Syfa fica apreensiva e calada por alguns segundos, contudo delibera:

— Guardas, levem Tiberion para uma das celas da ala sul, preciso conversar com minhas comandantes.

Algumas horas depois, as comandantes se reúnem com Syfa no salão de guerra do castelo da general amazona Ângela e a reunião tem início.

— Irmãs, nós realizamos o interrogatório com o líder dos bárbaros e constatamos que ele não é responsável pelos ataques, e também não temos provas que ligam os bárbaros de Tiberion a eles.

Anidrix lhe responde:

— Já não temos provas suficientes, Majestade?! Foram ataques bárbaros, e o único exército de bárbaros que existe neste continente é o de Tiberion, isto já não é prova suficiente?! Em outros tempos, estes bárbaros já estariam decapitados...

— Acalme-se, Anidrix! — responde Lívia ao insulto que a velha sísmica fez ao confrontar dessa forma a rainha. — Deixe Syfa apresentar seus argumentos.

— Realmente, Anidrix, mas também devo refrescar sua memória para o seguinte: em outros tempos, como no reinado de minha mãe, a rainha Cerina, as comandantes dos reinos não possuíam os mesmos poderes que hoje. Muito menos poderiam falar desta maneira com a rainha. Posso ser benevolente, mas tudo tem limite.

Todos no salão de guerra ficam em silêncio. Era até mesmo possível ouvir a respiração dos presentes. De repente, o silêncio fora quebrado por Ângela, que sempre tivera o dom de acalmar uma discussão:

— Majestade, se me permite, quais provas nós temos que não foram os bárbaros de Tiberion que atacaram os reinos de Calôndia e Kerindor?

— A testemunha de um dos ataques conseguiu visualizar o estandarte dos bárbaros que atacaram as vilas e não era o estandarte de Tiberion. Conforme informações dadas por Tiberion, acredito que ao norte de Olimpus está se formando um novo exército. De fato, posso confirmar essa informação. Contudo, precisaríamos investigar a origem dos ataques.

Jana, a comandante dos mares, diz:

— Majestade, posso enviar uma frota de navios para realizarem a investigação, assim podemos entender a situação.

— Agradeço por sua prontidão, Jana — responde Syfa. — Mas eu pensei em realizarmos um acordo temporário com Tiberion, visto que os novos assentamentos estão localizados no reino de Luctor, e este reino é governado por Tiberion. Então o mais prudente seria conduzirmos esta investigação juntamente a ele. Ainda que, oficialmente, os bárbaros tenham perdido a batalha... algo me diz que a situação é muito mais complexa do que pensamos.

Anidrix lança um olhar descontente, e uma expressão de desaprovação. A sísmica era a mais velha dali, e, por ter sido criada com valores estritamente tradicionais, não acreditava que poderia existir algum acordo com os bárbaros. Syfa, percebendo o olhar de desaprovação de Anidrix, diz:

— Quem é a favor de conduzirmos a investigação juntamente a Tiberion, peço que se pronuncie.

Ângela, Jana e Lívia concordam com Syfa, realizando um movimento de aprovação com a cabeça.

— A maioria deliberou para realizarmos a investigação juntamente a Tiberion. Reunião encerrada — diz a rainha.

Syfa lança um olhar repreensivo sob Anidrix, e esta permanece firme.

Com o fim da reunião, Syfa retorna à Gruta Cintilante celeremente.

— Guardas, tragam Tiberion — diz.

As guardas buscam Tiberion, e o trazem rapidamente ao encontro de Syfa.

— Tiberion, eu proponho que realizemos uma trégua e que a investigação seja realizada por nós dois, você concorda? Acredita que isso pode dar certo? Sei que temos nossas diferenças, mas, pelo que pude ver de você durante o julgamento, tens mais juízo do que qualquer outro rei bárbaro.

Tiberion, que, sem saber o porquê, fica feliz com o elogio de Syfa, diz:

— Tenho que consultar meus bárbaros, contudo, acredito que esta seja a melhor forma para entendermos a situação...

Ele fica apreensivo com a proposta de Syfa, mas entende que esta é a melhor maneira de se libertar. Deseja de fato entender a situação e, principalmente, não só pelas vilas amazônicas, mas também por seu próprio reino, quer averiguar o real tamanho do exército dos bárbaros rebeldes.

— Certo — responde Syfa. — Anadrai, retira as grilhetas. Amazonas, não estamos diante de um inimigo, Tiberion será meu convidado.

Anadrai retira as grilhetas de Tiberion libertando-o. Ele estica seus braços e diz:

— Você tem talento forjadora, estas grilhetas foram muito bem feitas, e parecem possuir características mágicas que impedem o preso de forçá-las.

— Um Slate não precisa de talento, nós já nascemos mestres na arte de oxiomancia, assim sendo, Anadrai possui habilidades lendárias de forja como nem um outro sísmico — responde Anidria sarcástica.

Tiberion, analisa a fala de Anidria e reflete em pensamento: "realmente os sísmicos dos meus reinos não possuem habilidades tão desenvolvidas".

— Agradeço pelo elogio, Tiberion — disse Anadrai orgulhosa e levemente incomodada com a reação da irmã.

— Bom... vejo que vocês já estão se entendendo — diz Syfa, e completa: — Tiberion, me acompanhe, por favor.

Os dois em silêncio caminham até a saída da Gruta Cintilante.

Syfa e Tiberion chegam a um lugar mais reservado, e começam a traçar planos para o que podem fazer:

— Tiberion, acredito que a melhor maneira para realizarmos esta investigação seria com um grupo menor. Assim, chegaríamos mais rápido e não chamaríamos muita atenção durante o caminho, o que você acha?

— Concordo, irei reunir meus melhores homens... sabe, os de mais confiança... acredito que, se seguirmos pelas fronteiras dos reinos, não seremos identificados tão facilmente, visto que existem diversas caravanas mercantis que utilizam estas rotas. É, seria a forma mais segura.

— Certo, também irei reunir um grupo de amazonas de confiança para realizarmos esta averiguação. Guardas, tragam um cavalo para Tiberion — ordena Syfa a um grupo de jovens guerreiras dispostas junto à parede.

Rapidamente as guardas buscam um cavalo e o entregam a Tiberion. O rei bárbaro se sentia muito indisposto. Meio cansado, além dos ferimentos, sobe no cavalo cambaleando.

— Você consegue cavalgar? — diz Syfa preocupada e apreensiva.

— Vai precisar mais do que golpes de lança para me derrubar — diz Tiberion em tom de riso.

— Recupere-se, bárbaro! Nos encontramos nas planícies de Tyah? — disse Syfa.

— Certo, nos encontramos dentro de alguns dias. Lembre-se, rainha amazona, durante o inverno, o frio ao norte de Luctor é muito intenso, esteja preparada — diz Tiberion preocupado. Em seguida, sem esperar a resposta da rainha amazona, toma o caminho para o reino de Tyah.

— Eu estarei preparada... bárbaro — pensa Syfa.

3° CAPÍTULO

O Martelo Última Lembrança

O Rei Bárbaro Tiberion segue cavalgando para o reino Tyah. Estava exausto devido aos acontecimentos. Mesmo sendo um homem de grande porte, por conta de seus ferimentos, ele está bastante fraco, porém, tenta manter-se acordado, visto que para ele o território amazônico poderia ser bastante perigoso.

Após algumas horas de cavalgada, ele percebe sua visão escurecendo e seu corpo ficando dormente. Entende que precisa parar, ainda que seja perigoso. Continua até chegar à Vila de Nepes. Observa as casas, que, em sua grande maioria, eram de madeira com telhado de palha. As ruas eram de terra batida, era uma vila bem simples e pequena, na rua principal havia uma estátua da Deusa Méria, deusa das estações. A vila parecia bem acolhedora. Tiberion procura uma estalagem e encontra uma taberna, e, para sua sorte, também era uma estalagem.

A taberna chama-se A Viúva. Tiberion desce de seu cavalo, amarra-o em uma árvore e entra na taberna. Percebe que o local possuía algumas mesas e estas estavam praticamente todas ocupadas, logo, ele direciona-se ao atendente da taberna e pergunta se eles possuem quartos disponíveis. A proprietária da taberna, percebendo a presença imponente de Tiberion, rapidamente vai atendê-lo. Ela o observa, era um homem robusto de praticamente 2 metros de altura, cabelos louro-avermelhados e com barba cheia e longa. Ela então o questiona.

— Ei, homenzão, você não é destas regiões certo? — diz a taberneira curiosa.

— Não, sou do outro lado do continente — disse Tiberion em tom baixo, tentando não chamar atenção.

— Interessante, quando você entrou pensei que fosse um gigante, não temos homens do seu tamanho por estes reinos. Sente-se comigo, quero ouvir suas histórias de aventuras de gigante.

— Agradeço pelo convite, senhora, porém neste momento necessito de uma refeição e de um quarto.

— Entendo... entendo... vou buscar as chaves de um quarto. Sobre a refeição de hoje, teremos ensopado de coelho.

A taberneira busca as chaves do quarto para Tiberion e então diz:

— Venha por aqui, seu quarto é no segundo andar.

Os dois sobem as escadas, porém, chegando próximo aos últimos degraus, Tiberion volta a ficar com a visão escurecida... e finalmente desmaia, mesmo antes de chegar ao quarto. A taberneira fica sem reação, mas logo pede para um de seus funcionários levar o homem para seu quarto. Colocando Tiberion na cama, ela então observa que ele estava com uma grande ferida no ombro. A taberneira então limpa a ferida dele e prepara várias ervas medicinais, fazendo um tampão para o tratamento da ferida. Em seguida, deixa Tiberion dormir.

Ao alvorecer, Tiberion acorda assustado com o feixe de luz sobre seu rosto e com a taberneira trocando o tampão das ervas medicinais. Ele olha ao seu redor e percebe que ela trouxera diversos alimentos para ele: frutas, cerveja, água, sopa e pães. Além disso, uma boa peça de pernil de javali deixara o quarto com um ar deliciosamente gorduroso. Enquanto ele observa o quarto, ela está parada olhando fixamente para ele, e então diz:

— Esta ferida estava bem feia, hein?!... mas... acho que agora ela está bem melhor. É melhor comer.

— Foi só um arranhão — diz Tiberion sarcástico.

Tiberion levanta-se e, sem nenhum pudor, anda nu pelo quarto. A taberneira, que já havia se deitado com incontáveis homens e mulheres, surpreende-se em uma explosão de desejo. Tiberion, sem se vestir, senta-se ao chão e começa a comer os alimentos que a mulher lhe trouxera. Como estava com fome!

— Arranhão ou não, isto lhe derrubou — diz a Taberneira em tom alegre ao voltar a si. — Bom, vou deixar você a sós, assim você pode terminar de comer... quem sabe mais tarde lhe trago a sobremesa.

Tiberion entendera claramente as vontades da mulher, porém, estava tão cansado e com tanta fome que mal podia pensar em sexo... e ainda tinha Syfa.

Tiberion, após comer, adormece novamente. De quando em quando, a taberneira, ou um de seus funcionários, ia até o quarto do rei bárbaro a fim de trocar as ervas em seus ferimentos e lhe deixar mais comida. Tiberion comia tudo, não só porque desejava melhorar logo para que pudesse trazer à luz as sombras que perfuravam a complexa paz de Olimpus, mas também porque, desde que se entende por gente, Tiberion sempre foi um verdadeiro glutão.

Tinha fome... fome de comida... fome de conhecimento... fome de batalha... fome de sexo, seja com homem ou mulher... e, às vezes, com seres mágicos que visitam seu castelo, tais como fadas, minotauros e centauros, e que existem para além da definição de gênero. A existência, para Tiberion, era para ser aproveitada! Nisso difere-se completamente de seus antepassados. "Uns retrógrados", dizia.

Passando-se alguns dias, Tiberion observa que suas feridas estavam bem melhor. Após comer a última refeição, veste-se e desce até o salão principal da taberna. A dona estava limpando uma mesa, onde se senta Tiberion com um largo sorriso no rosto. Seu coração era pura gratidão. Havia trançado novamente seu cabelo. Agora, à taberneira, não havia como negar: um verdadeiro bárbaro!

— Nem sei como lhe agradecer por ter cuidado de mim, quem sabe onde eu estaria se não tivesse encontrado você.

A taberneira sorri com os olhos e diz:

— Possivelmente estaria morto, e serviria de alimento para uma grande família de lobos ou ursos... quem sabe...

A senhora acende um cachimbo de erva alucinógena e logo passa a Tiberion.

Após fumarem, os dois riem por alguns segundos, e então Tiberion se levanta já bastante recuperado e diz:

— Bem, tenho que continuar minha viagem, ainda tenho que percorrer um longo caminho, acredito que isto pague por tudo que lhe devo — Tiberion retira um anel de ouro maciço, cravejado com diversas pedras preciosas.

A peça tinha o aspecto bem antigo, possivelmente uma joia da monarquia bárbara. No interior do anel está gravada a seguinte frase: "Força e Glória". Ele então entrega o anel à taberneira, ela fica paralisada olhando para o anel... e diz:

— Não posso aceitar, leva com você, esta peça deve ter um valor inestimável.

Tiberion abre um grande sorriso e diz:

— Valor inestimável, como o gesto que você fez por mim. Agora... tenho que voltar para casa.

Tiberion sai da taberna, monta em seu cavalo e retoma seu caminho para o reino de Tyah. Antes disso, a taberneira vai ao seu encontro e observa ele cavalgando, então diz:

— Não esqueça de limpar sua ferida, e de trocar o tampão de ervas. Eu nem sei seu nome, eu me chamo Jenny.

— Foi bom te conhecer, Jenny, logo nos veremos novamente — diz Tiberion ao longo da estrada.

— Que a deusa Derina lhe acompanhe, e que ela esteja a seu favor — disse Jenny temerosa.

Tiberion toma o caminho para Tyah e observa os camponeses nos campos de trigo. Eles estavam felizes, plantando e recitando canções para a deusa Méria. O rei bárbaro fica encantado e bem surpreso, os aldeões, mesmo com a simplicidade da vida no campo, eram bem felizes. Ele então segue seu caminho e lembra que vilas como aquela estavam sendo atacadas por bárbaros, que dizimaram brutalmente pessoas como estas que agora via. "Quem poderia realizar tais atrocidades, e ainda contra aldeões tão humildes?".

Tiberion continua seu caminho até Tyah, e após algum tempo ele chega na fronteira dos reinos de Calôndia e Tyah. Vislumbra a destruição causada pela guerra, as Planícies de Tyah que eram territórios com diversos animais e vegetação se transformaram em um campo de tristezas, com rastros de sangue e destroços de guerra por todos os lados. Com semblante de tristeza, observa ao horizonte e vê o Forte do Crepúsculo, e pensa: "minhas tropas... ou o que restou delas... devem estar lá".

Chegando no Forte do Crepúsculo, Tiberion para no portão, e os guardas gritam:

— O rei voltou, abram os portões.

Logo os portões se abrem e ele adentra no forte, observando que seus bárbaros estavam frustrados, vários com diversos ferimentos. Os que conseguiam se manter de pé possuíam um semblante de amargura. Ao ver o retorno de seu rei, eles o olharam fixamente, como se não o conhecessem mais, todos estavam desesperançosos com Tiberion.

Caminhando pelo forte, Tiberion chega até o salão de guerra, abre a porta, e observa que seus bárbaros comandantes, Kenerel, Gandril e Astril estavam reunidos. Pareciam estar discutindo algo, eles estavam tão concentrados que não perceberam que Tiberion entrara no local, apenas o leão Zion percebe a chegada de Tiberion e já se alegra, e então ele diz:

— Estou atrapalhando vocês?

O bárbaro Gandril estava no meio de uma frase, dizendo algo sobre as delimitações dos reinos. Ao ouvir a voz de Tiberion, ele rapidamente fica em silêncio juntamente aos outros bárbaros. Surpresos com a presença de Tiberion, eles ficam sem reação, logo todos se levantam e fazem uma reverência a ele. Tiberion toma o acento principal do salão de guerra e diz:

— O que estavam discutindo sem a minha presença?

Os três começam a gaguejar... e então Astril toma a frente e diz:

— Estávamos discutindo nossos próximos passos, pois pensamos que você não tinha sobrevivido.

— Majestade, não entenda como traição, mas não tínhamos notícias suas... — disse Gandril tentando se explicar.

— Meu rei, eu disse para eles aguardarem alguma notícia, ou para organizarmos um pelotão para resgatá-lo... — disse Kenerel preocupado.

— Bom, já chega de desculpas, temos que discutir coisas mais importantes. Eu descobri o motivo pelo qual as amazonas invadiram nosso território e nos atacaram. Há algum tempo diversas vilas dos territórios amazônicos de Kerindor e Calôndia vêm sendo atacadas por bárbaros. Eu mesmo fiquei frente a frente com uma sobrevivente de um dos ataques. Ela, que não era guerreira, foi brutalmente ferida, e sua vila dizimada e transformada em cinzas... — disse Tiberion em tom preocupado.

Astril e Kenerel ficam surpresos com o ocorrido, e então Gandril, irritado, diz:

— Bem, mas mesmo assim as amazonas nos atacaram sem motivos, nós não atacamos suas vilas, elas devem ser responsabilizadas... Outro ponto que também quero entender é por que nos rendemos perante aquelas vadias se tínhamos vantagens numéricas na batalha?

Astril e Kenerel permanecem em silêncio, apenas observando Tiberion e Gandril.

— Como é? Agora terei que me explicar para meu próprio comandante? Passei alguns dias fora e você pensa que pode falar de qualquer maneira comigo? Eu sou seu rei, não lhe devo satisfações!!!

Tiberion se levanta e impunha seu martelo, A Última Lembrança, que estava encostado na parede atrás dele. Em um ato de extremo furor, ele desfere um golpe arremessando o martelo sobre a mesa que estava no meio do salão de guerra. O móvel é partido ao meio instantaneamente e o martelo se crava no chão, abrindo várias rachaduras. O golpe foi desferido com tanta força que todo o salão de guerra tremeu. Gandril se levantou assustado.

— Ma... Ma... Majestad... — Gandril tenta falar em um tom de submissão, mas é interrompido.

— Mais uma palavra ou olhar insolente, você terá o mesmo destino desta mesa, isto não é uma ameaça, é um aviso — diz Tiberion furioso.

Todos ficam sem reação. Gandril permanece com a cabeça abaixada, olhando fixamente para o chão, apenas observando as rachaduras feitas pelo martelo. Tiberion fica alguns instantes pensativo e logo delibera:

— Gandril, reúna suas tropas e parta para Luctor imediatamente.

Gandril faz uma reverência com a cabeça e se retira do salão de guerra celeremente, sem esboçar nem um tipo de reação ou som. Saindo do salão de guerra, manda informar suas tropas, e estas já começam a se preparar para a partida.

Tiberion observa a movimentação e então diz:

— Agora que ele já foi, podemos conversar. Astril, você se lembra daquela carta que você me enviou há algum tempo, informando que seus batedores identificaram um novo assentamento ao norte de Luctor?

— Lembro sim, Majestade. Eles avistaram uma grande formação ao norte de Luctor, próxima ao mar. Fiquei me questionando se eram nossos aliados ou não.

— Pois bem, tenho quase certeza que eles estejam envolvidos nos ataques às vilas amazonas. Após esta conversa com Gandril, e por ele não ter me informado nada sobre estes novos assentamentos, estou desconfiando que ele esteja ligado de alguma forma. Por esta razão pedi para ele partir para Luctor.

— Mas, Majestade, se isto realmente for verdade, Gandril traiu a todos nós, até seu próprio pai, seus antepassados, aliando-se ao inimigo, na verdade ele ajudou na formação de um inimigo, o que resultou na última guerra, na qual tantas vidas foram perdidas — disse Kenerel pensativo.

— Temos que tomar alguma atitude imediatamente! Não podemos deixá-lo partir para Luctor... — diz Astril preocupado.

— Acalme-se, Astril, deixe-o partir até Luctor, eu tenho um plano. Fiz um acordo temporário com a rainha amazona Syfa. Conduziremos uma investigação em Luctor, para que possamos entender o real tamanho dos nossos problemas, e também para averiguar se estes novos assentamentos foram mesmo responsáveis pelos ataques.

Os outros generais ficam apreensivos com a decisão de seu rei, todavia, com a visão da mesa quebrada à sua frente, não dizem nada, no que Tiberion continua:

— Peço que vocês digam para as tropas recuarem para casa e que vocês selecionem um bárbaro de confiança para conduzirmos esta investigação juntos. Syfa também vai reunir em grupo de amazonas de confiança e dentro de alguns dias partiremos para Luctor. Vocês concordam?

— Mas, Majestade, podemos confiar nas palavras das amazonas? — diz Astril preocupado.

Tiberion ri, e então diz:

— Se elas não quisessem este acordo, minha cabeça já estaria em uma estaca, e elas estariam marchando para cá com força total a fim de tomar nossos reinos. As palavras do rei fazem Kenerel e Astril concordarem com o acordo.

Tiberion diz em seguida:

— Nos vemos dentro de alguns dias, e não se esqueçam de trazer apenas bárbaros a que vocês confiem suas próprias vidas, e que possuam habilidades em combate, acredito que não será uma jornada tranquila.

Tiberion se posiciona próximo ao seu martelo que estava cravado no chão, ele o puxa fazendo muita força, e mesmo assim o martelo não desprende do chão. Tiberion em gargalhadas diz:

— Vocês me ajudam aqui? Acho que esta merda se fundiu ao chão.

Os três se juntam puxando o martelo do chão, e então eles conseguem soltá-lo, fazendo com que todos caíssem no chão aos risos.

Syfa estava no reino de Calôndia, e então convoca Anidria, Anadrai, Ângela e Lívia para uma reunião no salão de guerra no castelo de Ângela. Com todas reunidas no salão, Syfa celeremente diz:

— Como todas vocês já sabem, em alguns dias estaremos no reino de Luctor, que é território bárbaro. Convoquei vocês aqui para informá-las que se preparem para qualquer imprevisto, pois não sabemos os reais motivos de Tiberion... sei que ele concordou que cooperássemos juntos, mas nunca se sabe. Informo que partiremos para as planícies de Tyah amanhã.

Todas ficam sem entender o motivo pelo qual a general Jana não foi convocada para participar da investigação, mas ninguém diz nada, apenas concordam com Syfa. Porém, já era de se esperar que a general sísmica Anidrix não fosse convocada, pois, embora fosse leal à causa amazona, essa missão seria mais difícil, uma vez que ela não concordara com a associação entre os dois reinos.

— Bem, eu já ia me esquecendo, Anadrai peço que forje uma armadura para mim resistente ao frio, vejo vocês amanhã — diz Syfa.

Todas estavam saindo do salão de guerra, logo percebem que a general Jana aguardava à porta. Elas fazem uma expressão de surpresa. Jana entra para o salão de guerra e fecha o portão para que ela e a rainha amazona pudessem conversar a sós.

— Não estou entendendo nada, por que Syfa está conversando com Jana a sós? — diz Anidria em tom ciumento.

— Bem, irmã, eu não sei, mas tenho muito trabalho a fazer — responde Anadrai risonha.

Anadrai segue para a forja do castelo. Ângela e Lívia também ficam enciumadas, mas seguem seus caminhos para prepararem-se para a jornada. Após alguns minutos parada em frente ao portão, Anidria também sai para que pudesse se preparar. Porém, antes ela percebe que Jana saíra correndo do salão de guerra com um semblante de preocupação. Anidria a acompanha com o olhar, vendo que ela estava partindo rapidamente, sem ao menos se despedir de ninguém.

Syfa decide descansar um pouco. Assim, vai para o seu quarto e no caminho encontra Anidria e lhe presenteia com um leve sorriso.

Chegando ao seu aposento, Syfa observa o crepúsculo através de sua janela, vislumbrando o horizonte e a beleza do reino de Calôndia. E rapidamente pensa: "amanhã partiremos para a jornada, não sei o que vamos encontrar, mas espero que Tiberion mantenha sua palavra". Mesmo com as desconfianças, algo dentro dela diz para confiar nele. Após algum tempo observando o crepúsculo, Syfa adormece.

Ao alvorecer Syfa desperta, logo reuniu-se com o grupo que lhe acompanhará durante a jornada. As amazonas juntam-se para realizarem a última refeição antes de partirem. Todas estavam com semblantes de preocupação, visto que não sabiam o que iriam encontrar. Syfa termina sua refeição rapidamente e então diz:

— Guardas, tragam minha encomenda.

As guardam voltam com algumas roupas e as entregam à Syfa, e ela diz:

— Bem, pedi para as guardar arrumarem roupas maiores de aldeões para usarmos durante a jornada, assim, podemos ficar com nossas armaduras por baixo e não alarmaremos as vilas, passando assim despercebidas.

Anadrai pega as roupas trazidas pelas guardas e então diz:

— Syfa, finalizei aquele pedido que você fez para mim.

Anadrai entrega várias armaduras para Syfa. Com as armaduras em mãos, Syfa diz:

— Agradeço, Anadrai, encontro com vocês na entrada do castelo, para partimos para a jornada.

Todas colocam as roupas por cima das armaduras e pegam as armas e equipamentos que irão utilizar durante a jornada. Depois disso, vão para a entrada do castelo, a fim de aguardarem Syfa. Após alguns minutos, observam que Syfa estava vindo pela lateral do castelo, com duas carroças cheias de suprimentos. As carroças estavam sendo conduzidas por guardas e cada uma das carroças possuía dois cavalos. E então Syfa diz:

— Parem as carroças e as carreguem, vamos partir imediatamente.

Elas carregaram as carroças e tomam o caminho para o reino de Tyah. Uma carroça estava sendo conduzida por Anidria, com Anadrai e Syfa à esquerda e direita, respectivamente. A outra estava sendo conduzida por Ângela, com Lívia ao seu lado. Elas vislumbram o caminho e sentem o cheiro das longas florestas verdejantes do reino Calôndia. Syfa, por um breve momento, sente-se feliz com suas companheiras de viajem, todas habilidosas e honradas guerreiras que lhe dariam a vida caso pedisse. Perdida em seus pensamentos, reflete:

— A vida poderia ser tão feliz se vivêssemos em harmonia e paz.

Logo, recobra-se e lembra das diversas vilas que foram dizimadas. Seu rosto é tomado por um semblante de raiva.

4° CAPÍTULO

A Armadura Vulcânica

A rainha Syfa e seu comboio percorreram um longo caminho do reino de Calôndia até chegarem às planícies de Tyah. O grupo monta um pequeno acampamento em uma clareira localizada próxima à entrada do Forte do Crepúsculo para aguardar Tiberion. Com o acampamento pronto, Lívia sai para caçar algum animal, e Ângela começa a montar a fogueira, uma vez que todos estavam famintos e logo iriam preparar a refeição. Syfa, Anidria e Anadrai vão até a entrada do forte informar a Tiberion que elas haviam chegado.

Elas caminham até a entrada do Forte do Crepúsculo e, ao chegar ao portão, Syfa rapidamente diz:

— Estamos aqui para vermos Tiberion.

O Guarda que estava na torre da entrada do forte gritou:

— A entrada de Meretrizes é pelos fundos.

Anadrai começa a rir repentinamente, o que acaba por deixar a situação ainda mais tensa. Anidria cruza os braços e começa a resmungar. Syfa, enraivecida, disse:

— Não somos meretrizes, diga a Tiberion que Syfa está aqui.

O guarda não dá importância e grita do alto da torre:

— Ei, informe ao rei que uma tal de Syfa está aqui.

Outro guarda que estava no portão vai ao encontro de Tiberion e, em poucos segundos, volta correndo, e diz:

— Abra o portão imediatamente!!

Após abrirem o portão, o guarda pede para elas o acompanharem. Ele as leva até o salão de guerra do forte e diz:

— Podem entrar, Tiberion as aguarda.

Ao entrarem, observam Tiberion de joelhos alimentando um leão gigantesco, o animal deveria ter quatro metros de comprimento, pondera Syfa. Tiberion, um homem de dois metros de altura, fica pequeno próximo ao leão. Mesmo fascinadas pelo animal, Syfa e Anidria estão zangadas pelo o que acontecera há pouco. Anadrai, porém, permanece tranquila como de costume. Ao perceber a presença delas, Tiberion se levanta e diz:

— Que caras são essas? Aconteceu alguma coisa?

Syfa, já zangada e impaciente, diz:

— Pelo visto seus homens pensam que todas as mulheres só podem ser uma coisa na vida...

Antes de Syfa terminar sua fala, o leão que Tiberion estava alimentando corre até ela, pulando e a jogando no chão. Anidria, com o rápido movimento do animal, desembainha sua espada para defender a rainha amazona, mas, ao observar o animal, percebe que ele estava lambendo-a. Tiberion corre para tirar o leão de cima de Syfa.

O rei meio sem jeito diz:

— Hahahaha, este é Zion, Ele nunca fez isto com ninguém, acredito que ele tenha gostado bastante de você.

Syfa se levanta e diz:

— Nossa, se ele faz isso com quem ele gostou, imagina com quem ele quer atacar.

A rainha faz carinho na cabeça de Zion. Ele deita no chão colocando sua barriga para cima.

Tiberion fica parado apenas observando a interação dos dois. Recobrando-se, logo ele diz:

— O que aconteceu? O que meus guardas fizeram para vocês?

Anidria, enraivecida, diz:

— Bem, seus ditos "guardas" nos chamaram de meretrizes, e foram bem desrespeitosos com Syfa.

Tiberion fica envergonhado e diz:

— Pelos deuses, eu peço desculpas pelo acontecido, irei penalizá-los por isto.

Syfa, neutra, diz:

— Eu sei que eles não estão acostumados com mulheres como nós, mas peço que você converse com eles, para ao menos terem respeito.

Tiberion fica calado e, por um breve momento, pensa: realmente não será uma tarefa fácil, visto que na sociedade bárbara as mulheres são submissas, e as amazonas vão contra tudo que tenha a intenção de privar-lhes da liberdade.

— Nós viemos lhe informar que estamos acampadas em uma clareira ao norte do forte e já queríamos partir para a jornada amanhã ao alvorecer, nós o aguardaremos lá — diz Syfa, a fim de pôr um fim na celeuma.

Tiberion diz:

— Vocês já viajaram tanto, não querem jantar conosco e se hospedarem aqui no forte?

Syfa com semblante cansado diz:

—Já tivemos o bastante por hoje, preferimos ficar no nosso acampamento, nos vemos amanhã.

Anidria logo pensa:

—Já chega de bárbaros por hoje.

Tiberion sem graça faz um gesto de confirmação com a cabeça, e elas saem do salão de guerra e caminham pelo forte até o portão. O guarda da torre, ao vê-las voltando, diz:

— Pelo visto foi bem rapidinho em...

Anidria, que já estava sem paciência, pega uma pequena pedra que estava no chão e arremessa com muita força no guarda. Ela o acerta na cabeça, o homem se desequilibra e cai do lado de fora do forte. Na queda ele acaba batendo a boca no chão e perde vários dentes. Anidria vai até ele e o ajuda a se levantar, e diz:

— *Agora você vai aprender como tratar uma mulher de verdade.*

O guarda, sangrando e com cara de choro, fica com semblante assustado, não diz nada e apenas entra para o forte. Elas então partem para o acampamento.

Chegando ao acampamento, Ângela e Lívia estavam preparando um cervo para o jantar, e então Syfa diz:

— Nossa, que cheiro ótimo, estou com bastante fome.

Ângela diz:

— Logo estará pronto, Majestade, como foi com os bárbaros?

Anidria, que observava calada, dá uma respirada profunda, Anadrai, que estava conferindo os equipamentos nas carroças, para e fica observando Syfa.

Syfa, cansada, diz:

— Com Tiberion foi tudo bem, mas os bárbaros dele... acho que essa jornada não será fácil, eles não têm o mínimo de respeito por mulheres. Mas não temos escolha, esta é a melhor maneira de resolvermos a situação...

Syfa lembra da figura de Sílvia dilacerada e seu rosto adquire uma coloração avermelhada por conta da raiva. Quando faz isso, a rainha dá uma impressão de mais poder ainda, visto que seus cabelos ruivos contribuem para esse aspecto aterrorizante de Syfa.

Lívia, tentando melhorar a situação, diz:

— Mas serão apenas alguns dias, logo estaremos de volta para casa... nosso jantar está pronto, vamos comer?

Todas se juntam ao redor da fogueira para o jantar. Ao terminarem de comer, elas ficam por alguns segundos observando o céu estrelado. Quebrando o silêncio, Syfa diz:

— Bem, vou descansar, a partir de amanhã teremos longos dias.

Logo, todas vão descansar também e ficam revezando a guarda do acampamento.

No Forte do Crepúsculo, Tiberion se reúne no grande salão de banquetes para jantar com seus bárbaros que irão lhe acompanhar na jornada. Zion estava deitado próximo à lareira, aguardando sua refeição. A mesa era formada por: Astril e seu filho Ganner, Kenerel e seu filho Tellius.

Tiberion se senta ao centro da mesa e diz:

— Bem, agradeço por vocês me acompanharem nesta jornada, acredito que temos um inimigo iminente nos nossos próprios territórios, e estes ataques nos vilarejos amazônicos foram apenas o início. Peço a todos vocês que respeitem Syfa e suas amazonas, isso é o mais importante para o sucesso de nossa missão, e, portanto, para o bem de nossa querida nação bárbara. Hoje eu me reuni com elas e os guardas do forte as desrespeitaram, não quero que isso se repita, pois, como disse, acredito que esta aliança com as amazonas será de grande importância para nós e nossa nação. Estamos entendidos?

Todos ficam calados, apenas concordando com Tiberion com sinais de cabeça.

Enquanto eles conversavam, o banquete era servido. Tiberion puxa uma coxa do javali assado e joga para Zion.

— Vamos comer, que amanhã teremos que estar bem dispostos — todos se servem bem, até ficarem saciados. — Pedi para os guardar prepararem nossos equipamentos para amanhã e alguns suprimentos para levarmos.

Após algum tempo de muita fartura e conversa jogada fora, o rei diz de forma animada: "Bem... agora vou me retirar aos meus aposentos, vejo vocês amanhã ao alvorecer".

Todos se retiram do salão e cada um vai para seu respectivo aposento. Tiberion deita em sua cama. O rei bárbaro está bastante eufórico para chegar logo ao amanhecer. Ansioso, sem conseguir dormir, fica feliz de não ter demonstrado aos companheiros seu nervosismo. Não que o rei estivesse com medo, mas alguma coisa em Syfa vinha lhe intrigando desde que se enfrentaram no campo de batalha. Na realidade, o rei estava se apaixonando pela rainha amazona, algo ruim, pois seria mal visto por ambas as nações.

Então, não conseguindo dormir, ele se levanta e fica andando pelos corredores do forte, pensando sobre a jornada. Porém, depois de um tempo, o sono lhe toma de sobressalto e o rei volta aos seus aposentos, a fim de dormir algumas horas antes da empreitada começar... "que os Deuses nos protejam...", pensou antes de cair em um sono profundo.

Momentos antes do alvorecer, Tiberion dá um salto da cama, saindo de seu aposento já gritando pelos corredores do forte para acordar a todos. Os outros bárbaros, ao ouvir o barulho, levantam-se rapidamente, munindo-se com suas armas e armaduras. Eles aguardam os guardas trazerem suprimentos para a jornada. Os guardas chegam com vários sacos de tecidos, onde estavam os suprimentos preparados para a campanha. Eles então partem para a aventura, com Tiberion levando Zion, seu leão de estimação, para acompanhá-los.

Eles saem do Forte do Crepúsculo e vão ao encontro de Syfa e suas amazonas no acampamento delas. Chegando ao acampamento, Tiberion já grita:

— Chegamos, vocês estão prontas? Já podemos partir.

Syfa e as amazonas se levantam e ficam por alguns segundos observando-os, perplexas, no que Syfa diz:

— Vocês vão assim?

Tiberion estava carregando seu martelo de guerra com uma mão e apoiava no ombro um saco de suprimentos com a outra mão. Todavia, o que chamava atenção era o fato de o rei bárbaro estar com armaduras à mostra, e seus bárbaros da mesma forma. Tiberion sem entender diz:

— Sim, estamos prontos para a jornada. Vamos!

Syfa e as amazonas riem por alguns segundos, logo a rainha diz:

— Tiberion, obviamente, não podemos realizar esta jornada desta maneira, não podemos ser identificados, temos que realizar esta investigação secretamente, não queremos alarmar todo o continente.

Tiberion pensa por alguns segundos e diz:

— E como vamos andar por aí sem chamar atenção?

Syfa vai até uma das carroças, pega um saco de roupas dos aldeões, entrega para eles e diz:

— Vistam essas roupas por cima das armaduras, coloquem seus suprimentos e equipamentos nas carroças. Nós vamos em uma carroça e vocês vão na outra. Tiberion, como você trouxe Zion, fique com a carroça maior, não se esqueça de deixá-lo na carroça quando estivermos passando por uma vila ou cidade, para evitar a atenção desnecessária.

Todos se arrumam para partir. Rapidamente, as amazonas desmontam o acampamento e carregam as carroças. Com tudo pronto, eles partem para o norte em direção ao reino de Luctor. Tomando o caminho das rotas mercantis, eles dividem o percurso com diversas carroças de mercadores, carregadas com os mais diversos suprimentos.

Após viajarem por algumas horas, eles observam que os cavalos estavam cansados e que estavam próximos a uma vila. Eles então chegam à Vila Madeira Retorcida, logo vão até o estábulo do lugar e deixam os cavalos para descansar e ser alimentados.

Enquanto andam pela vila, observam vários símbolos do Deus Cornius. Na praça central da vila, havia um monumento com várias oferendas, como moedas de ouro e alimentos. Lívia, que estava à frente do grupo, observa uma taberna chamada Taberna do Anão. A general convence o grupo a parar no lugar para que pudessem descansar e comer alguma coisa. Nesse tipo de empreitada, o mais prudente é aproveitar todos os momentos em que se pode descansar, e mesmo fazer uma refeição.

Eles entram no local e se sentam em uma mesa, logo alguém vem atendê-los.

— Bem-vindos à Taberna do Anão, o que vão querer hoje, viajantes? — diz a atendente de forma simpática.

Tiberion diz:

— Uma caneca do seu melhor Hidromel para todos, e o que vocês estão servindo hoje?

A atendente diz:

— Hoje temos sopa de nabos, coelho cozido com batatas e javali assado.

Tiberion diz:

— Pode trazer este javali, melhor trazer dois, porque estamos com muita fome, pode ser?

Todos concordam com Tiberion, e a atendente vai buscar o pedido. Passando-se alguns minutos, todos terminam de comer, Tiberion chama a atendente novamente e diz:

— Queremos mais do javali para levar.

A atendente embrulha o javali e entrega a Tiberion. Com a barriga cheia, eles pagam pela refeição e então a atendente diz:

— Vocês vieram visitar o Templo do Deus Cornius?

Tiberion sem pensar diz: "Não...", mas logo é interrompido por Syfa, e ela diz: "Sim, viemos visitar o templo".

A atendente então diz:

— Nossa vila é bem movimentada graças ao templo, vemos pessoas de toda Olimpus por aqui.

Syfa, então, diz:

— Certo, nós não queremos nos atrasar para a visita.

— Vejo vocês mais tarde, o templo fica ao leste da vila, mas cuidado com a Floresta dos Druidas.

Todos saem da Taberna e vão em direção aos estábulos. Syfa intrigada questiona Tiberion:

— Tiberion, que seria essa tal Floresta dos Druidas?

Tiberion, em tom neutro, diz:

— É apenas uma lenda para assustar crianças e viajantes. Na verdade, é um lugar onde moram criaturas que vivem em uma floresta próxima a essa vila. São apenas humanos que possuem o antigo sangue mágico... — Tiberion para um pouco e reflete sobre as várias criaturas que existiam em seu reino... logo o rei diz: — que lhes dá habilidades mágicas de se metamorfosear em animais!

Syfa e as amazonas adotam um semblante de preocupação. Logo, a rainha diz:

— Mas as linhagens antigas não foram extintas? Eles são hostis?

Tiberion, tranquilo, diz:

— Como suas amigas sísmicas, que pertencem a uma das raças primordiais, algumas linhagens antigas ainda existem, não em grande quantidade, como no passado. Eles não atacam sem motivos, alguns pedem algo em troca pela passagem, mas eu conheço a líder deles, Esmera, a Loba, ela nos acompanhará durante o trajeto.

Chegando ao estábulo, eles vão procurar os cavalos, logo os encontram junto do dono do estábulo, e ele logo diz:

— Os cavalos estavam bem cansados, acho que as carroças estavam bem pesadas para apenas dois cavalos, acredito que se vocês colocarem mais cavalos nas carroças, eles não iriam se cansar tão facilmente.

Syfa, neutra, diz:

— Certo, queremos mais dois cavalos para cada carroça.

Assim, as carroças são arrumadas com quatro cavalos cada, e eles partem em direção ao reino Tyah, não antes de Tiberion alimentar Zion com o javali assado.

O grupo percorre o caminho da vila até chegar a uma floresta bem grande. Tiberion reconhece a floresta e então diz:

— Vamos mais devagar, vou ir na frente das carroças, quero conversar com Esmera para ela nos acompanhar durante nosso trajeto pela Floresta dos Druidas.

Syfa diz:

— Certo, você tem certeza que é seguro passarmos por aqui?

Tiberion confirma com a cabeça... e eles adentram na floresta.

Enquanto o grupo seguia o caminho lentamente, era possível escutar barulhos de animais vindo de todos os lados da floresta. Considerando que a noite surgia cada vez mais, parecia à Anadrai, que observava os outros, principalmente aqueles com menos habilidades bélicas, tais como os filhos bárbaros, que o medo crescia dentre os membros do grupo. Era uma daquelas situações, pensou Anidria, na qual ela não conseguia se conectar com os outros, pois não conseguia sentir medo. Junto de sua irmã, nada lhe causava medo. Ainda assim, alguma coisa naquela fria floresta lhe deixava de sobressalto...

Bárbaros e Amazonas seguem o caminho lentamente por algum tempo. De repente, observam um lobo todo branco uivando e saltando pelas árvores. De repente, o animal salta à frente de Tiberion e, antes de tocar o chão, ele se transforma em uma bela mulher, com os cabelos e os olhos brancos como a neve. Um manto azul cobre seu corpo e parte de sua cabeça. Ali, no meio da floresta, iluminados sob uma lua que quebrava a escuridão infinita do bosque, o grupo fica perplexo com a aparição.

Logo surge um cervo com os chifres brilhantes e se transforma em um homem; junto, aparece uma coruja voando, que pousa sobre uma árvore e se transforma em uma mulher; cada vez mais, outros animais surgem e se transformam em humanos.

Tiberion faz uma reverência para a mulher dos cabelos brancos, e logo ela retribui o reverenciando também. Quebrando o silêncio, Tiberion diz:

— Quanto tempo, Esmera, vejo que você continua realizando entradas como ninguém.

Esmera, em tom feliz, diz:

— Algumas coisas nunca mudam, não é mesmo, meu amigo?

Tiberion, feliz, diz:

— Quero lhe apresentar alguém, Syfa, *A Rainha das Quatro Coroas*. Governante suprema dos reinos amazônicos.

Esmera faz uma reverência e diz:

— Ela é a rainha amazona? Muito prazer em conhecê-la, Majestade, sua fama a precede.

Syfa, sem jeito, diz:

— Fico lisonjeada, eu que estou honrada em conhecê-la, Esmera.

O tom de amizade dessa conversa, pensou Tiberion, pode nos favorecer. Em seguida, percebendo a oportunidade, diz:

— Esmera, precisamos passar pela sua floresta, temos assuntos urgentes para resolver em Luctor.

— Certo, mas não se esqueça do meu tributo — diz Esmera.

Tiberion vai até a carroça onde estão seus pertences, pega um saco e o esvazia. O saco continha diversas opalas, que são entregues à governante da floresta.

Ela guarda as pedras e logo diz:

— Tudo certo... mas peço que todos fiquem dentro das carroças, alguns desgarrados ficaram transformados por tempo demais e eles podem ser hostis com forasteiros.

Esmera sai correndo na frente e se transforma novamente no lobo branco, a fim de acompanhar as carroças. Eles seguem o caminho pela floresta, observando a diversidade de seres em que os druidas eram capazes de se transformarem.

Em um determinado ponto do caminho, um grupo de criaturas meio humanas, meio animalescas, cerca as carroças. Percebendo o movimento das criaturas, Esmera pula sobre a carroça e dá um uivo ameaçador, e logo todas as criaturas recuam. Após se transformar em humana, diz Esmera:

— Estes são os desgarrados de que eu havia falado, eles se tornam seres nem humanos, nem animais... é muito triste... e ameaçador... quem está nesta condição acaba perdendo o controle de suas transformações, e, portanto, da sua mente, agindo apenas pelo impulso da fome.

Todos ficam em silêncio, uma vez que a questão dos desgarrados parecia ser um tópico delicado para os habitantes da floresta. Esmera volta para a forma de lobo e eles continuam o caminho.

Chegando próximo a uma clareira na floresta, eles observam centenas de casulos enormes e teias de aranhas por toda parte. Além disso, um enorme grupo de desgarrados. Um grupo enorme de desgarrados cerca as carroças, Esmera uiva novamente, contudo, as criaturas não se afugentam, e então uma aranha monstruosa desce das árvores e pula sobre a carroça de Syfa e das amazonas.

As amazonas, experientes em combates, saem da carroça já armadas. Em um rápido movimento, a aranha joga sua teia sobre Syfa, Lívia e Ângela, envolvendo-as formando 3 casulos. Anidria e Anadrai lutavam contra os desgarrados. Esmera uiva novamente chamando seus aliados, que são auxiliados pelos bárbaros.

Logo um dos casulos entra em combustão e é totalmente desfeito, era o casulo onde Syfa havia sido aprisionada. Ela então é liberada do casulo já com a armadura à mostra. Anadrai observa que a Armadura Vulcânica que ela forjou para Syfa era capaz de desfazer os casulos. Ela então levanta seu martelo de forja, pega a espada de Anidria e recita um encantamento antigo por alguns segundos e dá uma martelada na espada, formando várias chamas na espada, que logo entra em combustão, formando uma Espada Vulcânica.

Munida com a Espada Vulcânica, Anidria libera Lívia e Ângela dos casulos, e desfere vários golpes sobre os desgarrados, cortando e cauterizando as feridas instantaneamente.

Logo os aliados de Esmera chegam, e eles auxiliam combatendo os desgarrados. Syfa, munida de sua lança, enfrenta a aranha. Em um rápido movimento, a rainha amazona decepa parte do corpo da aranha, que, em um acesso de fúria, prepara um ataque com suas enormes presas.

Zion percebe o rápido ataque da aranha e se joga na frente de Syfa, e acaba recebendo a mordida venenosa em cheio. Syfa, aproveitando a oportunidade que o leão mágico lhe dera, finaliza a aranha. O monstro morre com um sorriso sarcástico no rosto, observando Zion agonizando. Syfa entra em desespero e começa a chorar sobre o leão.

Os desgarrados são derrotados, e então Tiberion corre preocupado até Zion. Ele e Syfa ficam ao lado do leão, que parecia estar agonizando devido ao veneno da aranha. Esmera se transforma em humana e tranquilamente diz:

— Eu posso salvá-lo, como ele não é um leão comum, acredito que com o antídoto correto ele ficava bom em pouco tempo.

Syfa, preocupada e às lágrimas, diz:

— Do que você precisa para fazer o antídoto?

Esmera, pensativa, diz:

— Bem, preciso da presa da aranha que o mordeu, a Erva de Purificação Sanguínea e um ingrediente do continente de origem de Zion para restaurar seu corpo.

Tiberion, bastante preocupado, diz:

— Zion é de uma antiga raça de leões mágicos de Valíkia, ele foi trazido para Olimpus pelo meu avô, como iremos atravessar o mundo para encontrar esse ingrediente?!

Esmera serenamente diz:

— Acalme-se Tiberion, eu tenho um pouco do pó de flor desértica na minha botica, esta flor cresce apenas em Valíkia. Annur, vá até nossa vila, entre na minha botica e pegue a Erva de Purificação Sanguínea que está na prateleira ao lado da porta, e na mesa tem uma pequena caixa de madeira. Dentro estão alguns ingredientes, quero que você a traga para mim, vá o mais rápido possível.

Annur se transforma em um jaguar preto e sai correndo pela selva.

Zion está se debatendo de agonia. Esmera observa Zion, e então diz:

— Enquanto Annur não volta, vamos iniciar os preparativos para prepararmos o antídoto, preciso que montem uma fogueira e que coloquem água para ferver em um caldeirão.

Todos vão buscar madeiras para montar a fogueira. Rapidamente ela é montada e o caldeirão contendo água é colocado para ferver. Após alguns minutos, a água começa a ferver.

Esmera vai até o corpo da aranha desgarrada e retira uma das presas cuidadosamente, e então a coloca no caldeirão. Logo, Annur volta com os ingredientes e os entrega à Esmera. Ela pega a Erva de Purificação Sanguínea, coloca no caldeirão e mexe por alguns segundos.

Feito isso ela abre a caixa de madeira, pega uma bolsinha feita de pele de um animal e despeja o conteúdo no caldeirão, logo a mistura adota uma cor avermelhada terrosa.

Esmera levanta seus braços e recita um tipo de oração:

— Grande Deus Cornius, peço que interceda pela vida deste animal, que em sua grande benevolência nos agracia com seus favores, que seja feita sua vontade.

Após o clamor de Esmera, um feixe de luz ilumina o caldeirão, transfigurando a mistura para um tipo de líquido translúcido e brilhante.

Esmera faz uma concha com suas mãos e as enche da mistura. Ela caminha até Zion, coloca a mistura em sua boca e repete este processo por 3 vezes; o animal se acalma e então adormece.

Esmera feliz diz:

— Agora ele ficará bem, nosso grande pai intercedeu por ele.

Tiberion e Syfa choram de alegria e abraçam Zion, e este permanece adormecido. Esmera diz:

— Deixe-o descansar, acredito que demora alguns dias para ele estar completamente recuperado, mas logo ele estará melhor.

Tiberion chorando de alegria diz:

— Não sei como lhe agradecer, Esmera, o que podemos fazer por você?

Esmera serenamente diz:

— *Vocês devem agradecer ao nosso grande pai, Deus Cornius.*

Tiberion e seus bárbaros colocam Zion cuidadosamente na carroça. Syfa, que estava bastante preocupada com Zion, fica ao seu lado. E logo o grupo toma o caminho para Luctor, saindo da Floresta dos Druidas. Eles seguem a estrada e olham para trás, vislumbrando Esmera e seus aliados... os druidas adotam suas formas animalescas e somem na floresta.

5º CAPÍTULO

O Cajado dos Ventos Tempestuosos

O grupo continua a jornada e após algumas horas eles chegam à fronteira do reino de Tyah e Luctor. Logo o crepúsculo se aproxima e então eles decidem montar acampamento às margens de um rio próximo a um rochedo.

A amazona Lívia e o bárbaro Astril vão caçar o jantar, Ângela e Kenerel se juntam para montar o acampamento, os bárbaros Ganner e Tellius vão procurar lenha para a fogueira, Anidria e Anadrai saem para explorar a área. Enquanto isso, Tiberion e Syfa estão ao lado de Zion e ele permanece dormindo.

Syfa observa Zion, e então diz:

— Não acredito que ele arriscou a vida para me salvar daquela criatura medonha.

Tiberion, sereno, diz:

— Ele se afeiçoou bem rápido a você, é uma ligação inexplicável.

Syfa fica sem graça, e Zion começa a se esticar, fazendo carinho na mão de Syfa com sua cabeça, ela então o abraça.

Tiberion observa os dois com os olhos cheios de lágrimas. Logo Anidria e Anadrai retornam ao acampamento carregando uma camponesa idosa e elas chamam a todos. Elas pareciam preocupadas com algo, e então Syfa e Tiberion saem da carroça.

Anadrai, preocupada, diz:

— Nós a encontramos a alguns metros daqui, quando chegamos, ela já estava desacordada.

A camponesa estava com várias feridas pelo corpo, parecia ter sido atacada, Syfa vai até a mulher e retira a faixa que estava cobrindo sua cabeça. Todos observam suas orelhas e percebem que ela é uma elfa.

Syfa diz:

— Rápido, coloquem-na no chão.

Rapidamente Anadrai e Anidria colocam a idosa em uma cama improvisada. Syfa vai até o rio e, utilizando um caldeirão, traz água e começa a limpar as feridas da mulher.

Ao limpar o rosto da idosa, ela desperta assustada, olha ao seu redor não reconhecendo ninguém e diz:

— Onde estou? Onde estão os animais que estavam me atacando?

Syfa, que se mantinha calma, diz:

— Acalme-se, nós a encontramos desacordada próximo ao nosso acampamento.

Anadrai, confusa, diz:

— Você estava sozinha, não tinha nem um animal perto de você.

A elfa idosa acalmando-se diz:

— Eles estavam me perseguindo enquanto eu buscava ervas medicinais pela floresta, eu tentei escapar, mas eles eram bem rápidos, só me lembro disto, a propósito eu me chamo Yufia, sou a sacerdotisa da Cidade Fenner.

Syfa, pensativa, diz:

— Nós somos comerciantes de Tyah e estávamos a caminho de Fenner, e então encontramos você, vamos tentar lhe ajudar com suas feridas.

Yufia calmamente diz:

— Entendo, ultimamente nossa cidade está recebendo muitos comerciantes de todos os continentes.

Yufia observa suas feridas, e então diz:

— Vocês viram se onde eu estava tinha um cajado de madeira antigo e com uma pedra branca?

Anidria e Anadrai pensam por alguns segundos, e então Anidria diz:

— Não, você estava deitada em uma carroça quebrada, sem cavalos e com várias ervas pelo chão.

Yufia, preocupada, diz:

— Vocês poderiam trazer as ervas para mim? E, se possível, podem olhar novamente se não veem o cajado?

Anidria e Anadrai vão até à carroça buscar as ervas. E no caminho elas conversam mentalmente sobre a Yufia. Anidria, cismada, diz:

— Não sei, não gostei dela, acho que ela está escondendo algo.

Anadrai, serena, diz:

— Ela é apenas uma idosa, e está bastante ferida, não acho que ela tenha um plano.

Anidria, desconfiada, diz:

— Pode até ser, mas você não sentiu o cheiro de magia que ela possui?

Anadrai, pensativa, diz:

— Sim, eu senti, mas vamos tentar ajudá-la. Quem sabe assim podemos descobrir mais...

Elas chegam até a carroça de Yufia, coletam as ervas e observam um pedaço de madeira embaixo da carroça. Anidria empurra a carroça e observa que era o cajado descrito pela mulher. Elas retornam ao acampamento com as ervas e o cajado.

Ao chegarem, percebem que Lívia e Astril tinham retornado com a caça, e Ganner e Tellius com bastante lenha. Eles colocaram as carnes da caça na fogueira para assar e observavam Yufia com desconfiança. Não demorou para que o ar fosse tomado por um cheiro de carne defumada.

Yufia observa o retorno de Anidria e Anadrai, e então diz:

— Vocês trouxeram as ervas e encontraram o cajado?

Anidria, desconfiada, diz:

— Sim... estão aqui.

Ela entrega o cajado e as ervas para a mulher. Com o cajado em mãos, Yufia recita um encantamento de cura e logo suas mãos adotam uma luz verde. Ela coloca as mãos sobre os ferimentos e estes são curados instantaneamente. Em poucos segundos a mulher já tinha se curado por completo. Yufia se levanta sorridente e diz:

— Não sei como agradecer vocês.

Tiberion que, assim como Anidria, estava bem desconfiado diz:

— Agora que você já está curada, eu tenho uma pergunta, você é uma elfa, mas mora em Olimpus?

Yufia sorrindo diz:

— Sim, moro escondida por anos em Olimpus, mas meu local de nascimento, claro, é a Ilha dos Elfos em Plantária, me mudei para Olimpus ainda criança com meus pais.

Syfa, pensativa, diz:

— Você disse que era a sacerdotisa de Fenner, mas elfos não possuem poderes elementais?

Yufia observa Syfa e diz:

— Você é bem entendida para uma comerciante, mas, sim, possuo poderes elementais de vento. Contudo, estudei por anos magias de cura para me tornar uma sacerdotisa.

Zion desperta e solta um rugido, e então Yufia carrega seu punho por alguns segundos e joga uma corrente de ar sobre a carroça. Assim a proteção de couro da carroça é levantada. Ela vê o animal, as armas e armaduras, e então diz:

— Acho que vocês não são apenas comerciantes.

Todos ficam calados por alguns segundos, e Zion volta a rugir, parecia estar com dor. Tiberion chama Zion e diz:

— Somos bárbaros, e estamos de passagem... apenas isso.

Yufia observa a ferida do animal, e então diz:

— Ele está se curando de uma ferida muito profunda, posso curá-lo rapidamente, para agradecer o favor que vocês me fizeram.

Syfa, esperançosa, diz:

— Você pode curá-lo?

Yufia, pacata, diz:

— Sim, deite-o no chão, que eu o curarei.

Mesmo desconfiado, Tiberion deita Zion no chão, e então Yufia recita uma magia curativa e rapidamente suas mãos ficam com uma luz verde. Ela coloca as mãos sobre a ferida.

Um líquido grosso e verde escuro começa a sair do machucado. Provavelmente era o veneno da aranha. Após todo o líquido sair, a ferida se fecha completamente, Zion se levanta e começa a brincar. Yufia faz várias bolas de ar para Zion brincar.

Tiberion alegremente diz:

— Agradeço por curá-lo.

Yufia meio sem graça diz:

— Não precisa agradecer, foi apenas a retribuição por me ajudar. Bem, eu não fui totalmente sincera com vocês. Eu não estava fugindo de animais...

Rapidamente, Anidria, que já estava bem desconfiada de Yufia, vai até a carroça e pega uma espada para si e o martelo de forja para Anadrai, os outros ficam sem reação.

Yufia diz de forma constrangida:

— Deixe-me explicar primeiro... Há alguns meses iniciou-se a venda de escravos em Fenner e, como eu sempre estive livre a minha vida toda, fiquei tocada pelas inúmeras pessoas inocentes aprisionadas e sendo vendidas como mercadorias. Decidi então tomar uma atitude e comecei organizando vários planos de fuga para libertar aldeões escravizados. Já consegui libertar diversas pessoas. Contudo, no meu último plano, os comerciantes de escravos fizeram uma armadilha para mim... consegui fugir por pouco graças às minhas habilidades elementais, mas não consegui libertar as pessoas, e neste momento eles devem estar sendo vendidos.

Yufia cai no chão e começa a chorar sentindo-se culpada por não conseguir libertar as pessoas. Syfa vai até ela e a abraça, e então diz:

— Não foi culpa sua, você fez o seu melhor, você conseguiu salvar inúmeras pessoas...

Todos ficam com semblantes apreensivos após o relato de Yufia, e Tiberion, bastante preocupado, diz:

— Yufia, como estas vendas estão acontecendo?

Yufia com tristeza diz:

— Os líderes da cidade estão organizando leilões, por este motivo Fenner está com pessoas de todos os continentes, e todos em busca de escravos.

Syfa se levanta e chama Tiberion para conversarem a sós. Ao se afastarem do grupo, a rainha, preocupada, diz:

— Nossa... pelos deuses... o que estão fazendo com meu povo... com seu povo também, provavelmente... é pior do que eu imaginava, acho que esses escravos que estão sendo leiloados são os aldeões das vilas atacadas nos reinos de Kerindor e Calôndia.

Tiberion sem acreditar diz:

— Mas Fenner é uma das maiores cidades de Luctor, e pelo que eu sei os líderes da cidade são bem próximos de Gandril, um de meus generais. Se o que Yufia disse for verdade, ele é um traidor.

Syfa, em tom de justiça, diz:

— Eu já imaginava que existiam traidores, Tiberion, mas minha dúvida é: você vai puni-los pelos atos de traição? Porque eu já estou preparada para punir quem estiver envolvido nisto, seja bárbaro, amazona ou outros.

Tiberion sem pestanejar diz:

— Sim, todos serão punidos de acordo com a gravidade do crime, seja em território bárbaro ou amazônico, todas estas atrocidades devem ter um fim.

Syfa, abalada, diz:

— Nunca houve escravidão em Olimpus, temos que tomar atitudes imediatas, visto que nós dois somos responsáveis pelo continente.

Tiberion, irado, diz:

— Vamos retomar à Cidade de Fenner e depor seus líderes.

Syfa, preocupada, diz:

— Mas estamos em menor número, não conseguiremos tomar uma cidade daquele tamanho com apenas dois grupos pequenos.

Tiberion, confiante, diz:

— Não precisaremos lutar, acredito que Yufia conheça rotas alternativas para acessarmos a cidade, se as utilizarmos podemos depor seus líderes sem precisar lutar, o que você acha?

Syfa, pensativa, diz:

— Concordo com você, vamos conversar com Yufia.

Syfa e Tiberion voltam até o grupo, e então a amazona, determinada, diz:

— Yufia, tenho algo a dizer, também não fomos sinceros com você... eu me chamo Syfa, *Rainha das Quatro Coroas* e este é Tiberion, *Rei*

Bárbaro do Oeste, estamos realizando uma investigação em Luctor sobre ataques suspeitos nos reinos Kerindor e Calôndia.

Yufia reverencia a eles e diz:

— Majestades... — ela fica surpresa e não consegue esboçar nenhuma reação.

Tiberion, impaciente, diz:

— Vamos deixar as cordialidades para depois, Yufia, queremos sua ajuda para retomar a cidade e acabar com o leilão de escravos. Você conhece alguma forma alternativa de acessar a cidade? Queremos entrar sem sermos vistos e tomar a cidade com o mínimo de violência.

Yufia, determinada, diz:

— Existe um rio que passa por baixo da cidade, eu o utilizava para entrar e sair com as pessoas da cidade, mas não sei se eles fecharam a passagem, uma vez que descobriram meus planos.

Syfa decididamente diz:

— Vamos imediatamente, Anidria e Anadrai quero vocês cobrindo a retaguarda. Lívia, como você é a especialista em furtividade, iremos precisar das suas habilidades. Ângela, aguarde nosso retorno.

Tiberion deliberando diz:

— Bárbaros, vocês aguardem aqui no acampamento e cuidem de Zion, logo estaremos de volta.

Todos realizam a refeição, e parte o grupo parte para a Cidade de Fenner. Eles andam por alguns minutos pela floresta, e chegam aos arredores da cidade. Logo Yufia aponta para o rio e eles caminham agachados na encosta. O rio segue por baixo da cidade, eles adentram em uma espécie de túnel.

Ao chegar à metade do túnel, observaram uma grade, impossibilitando a passagem.

— Acho que eles colocaram estas grades recentemente — diz Yufia preocupada.

Anadrai desembainha seu martelo de forja e diz:

— Afastem-se.

Ela recita um encantamento e carrega seu martelo por alguns segundos, logo seus olhos e seu martelo tomam cores avermelhadas, e então ela dá três marteladas em pontos diferentes da grade, transformando o ferro da grade em líquido.

Yufia, maravilhada, diz:

— INCRÍVEL! Vocês não são sísmicas comuns, certo?

Syfa, com orgulho, diz:

— De uma coisa você pode ter certeza, não há nenhuma maga-forjadora viva que supere as habilidades de Anadrai, e nem guerreira-manipuladora que seja mais habilidosa do que nossa Anidria.

Anadrai fica feliz com o elogio de sua rainha, mas não consegue expressar esse sentimento. Contrariamente à sua irmã maga, a sísmica Anidria completa:

— Elfa, nós somos as mais novas descendentes da casa Slate, imagino que já tenha ouvido falar...

— Claro — diz Yufia em um tom honroso que agrada Anidria.

— Devemos seguir o caminho — diz Tiberion preocupado.

O grupo segue caminhando até ouvirem o barulho de uma multidão conversando. Rapidamente eles procuram uma forma de subir e encontram uma escadaria, e, ao subirem, vão em direção do barulho que ouviram.

Quando chegam, eles ficam estupefatos. Estava ocorrendo o leilão de escravos naquele momento! Ao observarem a cena, percebem que estavam sendo leiloados dois sísmicos ainda crianças.

Os olhos de Anidria e Anadrai se enchem de lágrimas, Syfa fica sem acreditar, puxa Lívia e diz:

— Localize onde estão os líderes da cidade, leve Yufia com você.

Lívia e Yufia se misturam à multidão, e saem em busca dos líderes.

Tiberion caminha entre a multidão e observa que existem indivíduos de todos os 6 continentes, havia alguns Paladinos de Templária; alguns nobres de Sunna; vários Piratas e Bárbaros de Olimpus; alguns Elfos de Plantária; diversos Obscúrios de Tártarus; e algumas Bruxas de Valíkia. Logo Tiberion aproximou-se dos bárbaros para ouvir o que estavam conversando.

Uma mulher se posiciona ao lado das crianças sísmicas, e inicia sua fala:

— Sejam bem-vindos à Fenner, nossa cidade sempre foi conhecida pelo comércio e por ser revolucionária, e com isto iniciamos uma nova forma de comércio: a escravocrata. Me chamo Hanlle e serei a anfitriã de vocês. Nesta edição especial do nosso leilão, iniciaremos com dois sísmicos infantes. Ambos possuem 6 outonos completos, iniciaremos os lances em 100 lingotes de ouro. Vale lembrar que os dois ainda não passaram pelo teste de oxiomancia, para aqueles que não sabem, esse é o teste onde se pode descobrir o tipo de habilidade de um sísmico, manipulação ou forja.

Uma obscurial que tinha longos cabelos pretos e emanava uma aura obscura dá o primeiro lance. Uma Bruxa Ophídia que estava utilizando um vestido longo coberto de ouro, do dorso à cauda, aumenta a aposta para 200 lingotes de ouro. Um Paladino bem robusto que estava sentado comendo se levanta e aumenta a aposta para 250 lingotes de ouro e 50 lingotes de prata. Um obscurial enorme que possuía uma armadura feita de ossos cravejados de pedras preciosas, e que estava sentado em uma espécie de zumbi, se cansa, e, em ar de desdenho, oferece 3000 lingotes de ouro.

Anidria e Anadrai estavam completamente abaladas, apenas observando as crianças sísmicas que estavam se abraçando e aguardando o que o destino reservava para elas. Ainda que as duas fizessem parte da casa mais nobre de sísmicos que já existira, não conseguiam não se abalarem com o modo como estavam sendo tratadas aquelas crianças.

Syfa observava tudo sem reação, e então ela encosta em Anadrai e se queima. Tenta chamar Anidria e também se queima. Ela fica preocupada, pois nunca tinha visto as gêmeas daquela maneira, elas estavam imóveis e com a temperatura corporal bastante elevada; a cor da pele alterando a coloração.

Com muita preocupação, Syfa vai até Tiberion, e este observa atentamente os bárbaros. E, então, um dos bárbaros alegremente diz:

— Foi tão fácil, dizimar aquelas vilas e conseguir estas crianças sísmicas, receberemos uma fortuna por isso, Pharnion ficará bastante contente.

Após ouvir a conversa dos bárbaros, Tiberion se afasta deles e chama Syfa para ir com ele para um local mais afastado da multidão.

Hanlle surpresa e contente com o lance, diz:

— Temos um lance recorde! Que maravilha!

Todos começam a aplaudir freneticamente. Porém, silenciam-se quando percebem um murmúrio misterioso... todos voltam os olhares para Anidria e Anadrai e percebem que, instantaneamente, surge um círculo de magia enorme em cima de Anadrai, e este passa sobre seu corpo a transformando em várias partes pequenas metálicas pontiagudas e estas ficam pairando ao redor de Anidria.

"Que técnica é essa...", pensa Syfa que observava com apreensão. Como um tipo de magnetismo, uma nuvem de metal cortante havia sido formada. "É isso! Anadrai se transformou em uma nuvem de metal!", pensou a rainha.

Anidria rapidamente começa a realizar vários movimentos, como um tipo de dança, mas a cada movimento ela expand a nuvem, arremessando as partes metálicas por todos os lados. Em poucos segundos, sem chance de revidar por conta da letalidade da dança oxiomante das gêmeas Slate, todos os presentes, com exceção dos presos, foram completamente dilacerados. As crianças sísmicas testemunham tudo e ficam amedrontadas, Syfa e Tiberion, que estavam afastados da multidão, ficam sem reação.

Sem acreditar no que acabou de acontecer, Syfa diz: "QUE LOUCURA".

Após dilacerar todos presentes, Anadrai retorna à sua forma humanoide rapidamente. Ela e Anidria vão ao encontro das crianças e dizem a uma só voz:

— Vocês são bastante especiais, somos sísmicos e não mercadorias, lembrem-se sempre disso. Onde estão seus pais? Eles morreram?

As crianças sísmicas adotam um semblante diferente, sendo possível observar esperança em seus olhos e então dizem:

— Eles estão presos, também serão vendidos.

As crianças apontaram em direção às várias jaulas posicionadas atrás de onde os leilões ocorriam, Anidria e Anadrai vão até as jaulas e libertam a todos, e então as crianças se juntam aos seus pais.

Lívia e Yufia seguem procurando pelos líderes da cidade, até que chegam a uma casa bem grande e com vários guardas na porta. A amazona Lívia, então, procura uma forma de entrar na casa e Yufia diz:

— Tenho uma ideia, venha comigo.

Yufia começa a caminhar como se seu cajado fosse um apoio para andar e Lívia a segue, e então ela vai até à entrada da casa e cai no chão. Os guardas vão tentar ajudá-la e ela solta duas rajadas de vento pelas mãos, arremessando os guardas contra a parede e os nocauteando, e ela diz:

— Foi bem fácil.

Ao ouvirem o barulho, outros guardas aparecem, e então Lívia desembainha suas adagas e começa a lutar contra eles. Yufia ataca os guardas com golpes de vento, lançando-os para longe, e logo todos são derrotados, então elas adentram na casa.

Elas adentram em uma sala de jantar enorme. A sala continha várias peças de ouro e muitas pedras preciosas. Elas observam um casal comendo um banquete, e então o homem diz:

— Quem são vocês? Vocês ousam incomodar nosso jantar?

A mulher, impaciente, diz:

— Digam longo quem são, por que invadiram a casa dos líderes da cidade? GUARDAS, VENHAM AQUI IMEDIATAMENTE — a mulher se levanta da mesa.

Lívia, sarcástica, diz:

— Podem chamar seus guardas, eles não vão vir.

Yufia, sem paciência, diz:

— Vamos levá-los.

Ela então levanta seu cajado, e recita um encantamento fazendo surgir dois tornados ao seu lado. Utilizando o cajado ela comanda os tornados até o casal e os levanta do chão, com isto, elas os carregam em cima dos tornados até o local do leilão.

Retornando até o local do leilão, Yufia e Lívia ficam sem entender, havia vísceras por todos os lados. Elas encontram os outros e Yufia diz:

— O que aconteceu aqui?

Anidria sem jeito diz:

— Resolvemos o problema da melhor forma.

Anadrai estava calada, sua mente parecia estar em outro lugar. Seu olhar fixava-se em lugares aleatórios... até mesmo sua irmã Anidria tinha dificuldade com sua distância nesse momento.

Yufia fica sem reação e logo diz:

— Encontramos os líderes da cidade.

Ela cancela a conjuração dos tornados, jogando o casal no chão.

Tiberion, implacável, diz:

— Muito bem, Ernest. Transformou a Cidade de Fenner em escravocrata, temos muito o que conversar.

Ernest, preocupado, diz:

— Majestade? Majestade... eu... eu... fui forçado, eu juro.

O casal fica de joelhos, implorando o perdão a Tiberion, mas o rei bárbaro diz:

— Coloquem-nos nas jaulas dos escravos, amanhã continuaremos esta conversa.

Anidria vai até eles, os levanta do chão sem esforço e os arremessa em jaulas separadas, e diz:

— Estou muito cansada, este foi um longo dia, Anadrai forje algo para prendê-los.

Anadrai, sem dizer nada, desembainha seu martelo, recita um encantamento antigo e seu martelo adota um brilho prateado. A sísmica forja dois cadeados, e, utilizando estes, sua irmã tranca as jaulas onde líderes estavam.

Yufia, que já se encontrava cansada a esse ponto, diz:

— Concordo, e amanhã teremos um longo dia, o templo onde eu moro fica a alguns metros daqui, se vocês quiserem podem descansar lá, temos vários quartos vazios.

Todos concordam com Yufia e seguem para o templo.

Já no templo, eles observaram que ele era bem grande e parecia receber várias oferendas em ouro. O santuário era dedicado à Amaina, Deusa da Cura.

Yufia apronta um quarto para cada um e todos vão se repousar, exceto Syfa e Tiberion. Eles também estavam exaustos, contudo, devido aos acontecimentos, não conseguiram dormir.

Syfa, pensativa, diz:

— Você também não conseguiu dormir?

Tiberion, preocupado, diz:

— Não e eu queria conversar com você. Antes de tudo acontecer, eu havia te chamado para lhe contar o que eu ouvi daqueles bárbaros... eles citaram o nome do meu irmão bastardo... Pharnion, eu não sabia que ele estava vivo, nunca fomos próximos, sabe?! Eu o vi apenas quando éramos crianças, quando ele partiu com a mãe para Templária, ele é fruto da traição do meu pai com uma Paladina de lá... acredito que ele esteja por trás dos ataques.

Syfa, em tom de assustada, diz:

— PELA GRANDE MÃE, então Templária está envolvida nos ataques e em todos estes acontecimentos.

Tiberion, pensativo, diz:

— Eles sempre quiseram tomar Olimpus, e fizeram nós nos atacarmos, para que fôssemos destruídos e fosse mais fácil conquistar o continente...

Syfa fica em silêncio por algum tempo, e então diz:

— Temos que identificar todos os envolvidos nisso, e os levarmos a julgamento, acredito que podemos tirar alguns nomes e informações dos líderes de Fenner.

Tiberion concorda com Syfa e, cansados e temerosos por seus súditos, cada um segue para seu aposento.

6º CAPÍTULO

O Afresco Utópico de Diamante

Ao amanhecer todos acordam e se reúnem no templo. Logo veem várias sacerdotisas realizando seus afazeres diários e percebem que elas vestiam uma túnica azul celeste, calçavam sandálias de couro curtido e utilizavam tiaras de ouro nos cabelos, vestimentas bem diferentes das utilizadas por Yufia.

De sobejo, a Elfa surge no templo, como se tivesse teletransportado, e então diz:

— Vocês descansaram? Espero que sim. Vocês devem estar com fome, eu conheço um ótimo lugar onde podemos comer, vocês querem ir comigo? É por minha conta.

Syfa pensativa chama Lívia e diz:

— Vá até o acampamento utilizando o caminho pelo rio e avise a todos que estamos bem, e diga para virem para os arredores da cidade. Que nos aguardem! Nos encontramos dentro de algumas horas.

Lívia confirma com a cabeça e parte ao encontro do restante do grupo no acampamento.

Tiberion, que havia acordado com um lampejo de esperança, diz:

— Vamos para este tal lugar, estou com muita fome.

O grupo, com exceção de Lívia, segue Yufia para o lugar descrito.

Ao chegarem, todos observam que o lugar era uma taberna e se chamava Caverna dos Sísmicos. Ao entrarem eles observam os detalhes do lugar: as paredes eram feitas de rochas esculpidas com vários detalhes em diamantes; formavam-se diversos desenhos nas paredes, que pareciam contar algum tipo de história; as mesas e as cadeiras também eram feitas de rochas e com diversos detalhes feitos à mão.

— Que lindo... — diz Anadrai.

Era a primeira vez que a forjadora falava alguma coisa desde o dia anterior.

Eles contemplam o lugar e logo um sísmico vai ao encontro deles. O atendente da taberna diz:

— Sejam bem-vindos, eu me chamo Cyperion e esta é minha irmã Cyperianna. Nós somos os proprietários desta taberna, podem se sentar.

Anidria e Anadrai ficam sem jeito apenas observando. Cyperianna, que estava do outro lado do balcão, vai ao encontro delas, coloca as mãos sobre os ombros de ambas e, com um sorriso no rosto, diz:

— Não fiquem tímidas, aqui vocês estão em casa.

Anidria, que estava meio desconcertada, olha nos olhos de Cyperianna e diz:

— Eu agradeceria se você tirasse a mão de mim.

Cyperianna rapidamente se afasta dela, e então Anadrai sem graça diz:

— Minha irmã é um pouco temperamental, não ligue para ela, a propósito eu me chamo Anadrai e minha irmã Anidria.

Cyperion observa tudo e diz:

— Vamos nos acalmar, não queremos briga, ainda mais com duas lindas donzelas como vocês.

Anidria e Anadrai ficam envergonhadas e logo todos se sentam em uma mesa redonda, e Tiberion diz:

— Quais pratos vocês estão servindo hoje?

Cyperianna, sorridente, diz:

— Bem, temos cordeiro assado, sopa de coelho com batatas, porco assado com maçãs e molho de peixe.

Yufia:

— Eu quero muito provar o cordeiro assado.

Tiberion faminto diz:

— Pode ser o cordeiro assado, mas eu quero que traga alguns pães, estou com muita fome.

Todos concordam, e então Cyperianna vai buscar o pedido. E Cyperion diz:

— E para beber? Temos hidromel, cerveja com manteiga, vinho e algumas bebidas especiais que eu e minha irmã fazemos, como o destilado de batatas, vinho envelhecido e o fermentado de ervas.

Tiberion fica empolgado com as diversas bebidas que ele não conhecia e então diz:

— Quero este vinho envelhecido e o destilado de batatas.

Anidria concordando diz:

— Quero o mesmo que ele.

Syfa, séria, diz:

— Eu quero apenas hidromel.

Yufia e Anadrai também pedem apenas o hidromel. Logo Cyperion vai buscar os pedidos.

Algo estava incomodando Syfa, ela estava com um semblante estranho, parecia descontente com algo, e então Tiberion lhe questiona:

— O que está lhe incomodando?

Ela fica calada e não responde à pergunta, algo realmente está a incomodando, ela então diz:

— Eu gostaria de conversar com Anidria e Anadrai a sós.

Tiberion se levanta e caminha para a saída da taberna, Yufia se levanta e caminha em direção à cozinha da taberna.

Syfa direta diz:

— Não entendi por que vocês fizeram aquilo ontem, qual foi o motivo?

Anadrai, que se mantinha observando os trabalhos dos irmãos donos da taberna, sem olhar para Syfa, diz:

— Bem, isso é óbvio, não? Eles estavam leiloando aquelas crianças como mercadorias, não conseguimos suportar aquilo.

Syfa fica calada, apenas observando as reações das gêmeas.

Anidria diz:

— Eu não iria ficar de braços cruzados, apenas observando aquilo acontecer.

Syfa, séria, diz:

69

— Mas vocês não tinham ordens para fazerem aquilo, eu sou sua rainha, vocês devem aguardar minhas ordens. Não estamos nos nossos reinos, estamos em território bárbaro, Tiberion que é o governante destas terras.

Anidria e Anadrai permanecem caladas, mas utilizando a ligação mental, elas conversam entre si, sobre a natureza sísmica e como para elas o bem-estar da raça está acima de qualquer decisão política.

Syfa recua e diz:

— Contudo, eu não tiro a razão de vocês, mas não quero que isto se repita, precisamos manter nosso controle.

Anidria e Anadrai pedem desculpas para Syfa. Logo Cyperianna retorna com os pães, e diz:

— Onde estão os outros? Cadê aquele homem faminto?

Anadrai vai à saída da taberna e chama Tiberion. Neste ínterim, Yufia e Cyperion retornam com as bebidas, ela parecia estar ajudando no atendimento e, chegando na mesa, diz:

— Minha querida Anidria, aqui está sua bebida.

Todos voltam para a mesa e são servidos. Anidria elogia bastante a bebida, seu semblante estava completamente diferente, estava bastante feliz e calmo. Após servir os pães, Cyperianna retorna para a cozinha para terminar o preparo dos pedidos.

Anadrai estava intrigada, nunca vira sua irmã desta maneira, estaria ela, finalmente, feliz?

Cyperion se posiciona próxima de um afresco na parede e diz:

— Vocês viram esses desenhos? Cada parte dele representa um período da história do nosso planeta, contam a história de criação do nosso universo, e também de como foi a criação das raças primordiais, das guerras primordiais até a separação dos continentes.

Todos ficam maravilhados com os desenhos, e então Anidria, curiosa, diz:

— Você poderia contar estas histórias para nós.

Cyperion fica sem jeito, contudo, diz:

— Claro, vou tentar contar... vou começar pelo surgimento da primeira divindade. No início das eras, não existia nada, apenas uma imensidão vazia e um som ecoante pela imensidão. Por milhares de anos, este som continuava ecoando. Em um determinado ponto, este som se canaliza e toma consciência. A consciência que surge se pergunta: devo existir? Assim surgiu a Entropia, a primeira divindade, um ser de tamanho infinito, que possuía dois aspectos bem distintos, o da criação e da destruição.

Tiberion, intrigado, diz:

— Tudo começou por um som?

Todos riem e Cyperion diz:

— Sim, tudo começou a partir do som, a divindade Entropia permaneceu por anos em meditação, conflitando-se com sua dualidade e buscando o equilíbrio. Porém, ela estava cansada de permanecer sozinha no universo e canalizou sua dualidade por séculos e acabou criando o tempo, representado pelo Deus Cronio. Eles permaneceram juntos na vastidão deserta do universo, e, em um determinado ponto, eles decidiram criar nosso planeta com intuito de ocupar o universo. Entropia, utilizando seu aspecto da criação, fez um movimento com os braços e canalizou uma determinada região do universo, transformando-a em uma massa redonda de terra. Ela sentia muito carinho por sua nova criação e abraçou aquela massa de terra, o que acabou criando as montanhas, vales e declínios do nosso planeta.

Cyperion respira um pouco antes de continuar. Já havia contado aquela história infinitas vezes, visto que sua família era conhecida por guardar as narrativas do mundo por meio de sua oxiomancia. Porém, sentia-se intrigado pela presença de Anidria...

Voltando a si, o sísmico continua:

— Ainda depois de sua criação, ela se sentia incompleta, e então decidiu criar as raças primordiais. Utilizando sua força, determinação e orgulho, ela pegou uma rocha e a moldou um formato humanoide, e deu um sopro de vida, criando, assim, nós, os sísmicos. Com sua inteligência, compaixão e sabedoria transcendental, ela pegou um pouco de argila e moldou corpos humanoides com partes de serpentes, deu um sopro de vida e acabou criando as ophídias. Após criar suas primeiras raças, seu coração se encheu de esperança e amor, surgindo assim uma massa solidificada e bem quente: era o sol. Entropia então aproximou o sol de seu planeta, para que o calor do seu amor sempre alcançasse todas suas criações. Contudo, no processo, ela percebeu pequenos corpos surgindo da sua nova criação, ela recolheu todos estes corpos e os colocou em seu planeta, e assim surgiram os Auroriais. Como sua mente se expandia devido às inúmeras criações, ela acabou tomando vida própria, formando assim a entidade Griff. Logo Entropia colocou Griff no planeta, e esta, com desejo de não estar só, acabou criando as florestas, plantas, vegetais e uma nova raça também vegetal chamada Metaphytas, que são humanoides ou não-humanoides, que possuem uma conexão mental com Griff. Como vocês sabem, eles são considerados apenas um, sempre agindo para proteger as florestas, e, portanto, sua própria existência.

Entropia ficou orgulhosa de toda sua criação, principalmente porque tudo que existe é uma extensão de si... pensou eu... Depois da criação forçada de Griff, Entropia sentiu-se em êxtase. Sua alegria logo se transformou em lágrimas e logo começou a chorar por muito tempo... assim surgiram os oceanos, mares, rios e lagos. E com um suspiro, ela soprou o vento da vida pelo planeta, assim criando todos os animais e, em contrapartida, criou-se os ventos, redemoinhos e marés.

Por anos, todos viveram em harmonia no planeta. Contudo, Entropia havia se esforçado muito para criar tudo e logo seu aspecto de destruição veio à tona. A Deusa acabou dando um golpe em uma parte do planeta, fazendo surgir os vulcões. Tomando-se por raiva, fúria e perversidade, ela foi até um lugar em escuridão total do universo e moldou, a partir das sombras desconhecidas, seres sombrios... bom... eles são de difícil compreensão... Os Quatro Obscúrios Primordiais, que representam as partes obscuras de cada elemento básico. São eles Narverio, O Dragão das Águas Profundas; Anfrielle, A Rainha Mariposa dos Ventos da Escuridão; Sakmenia, a Leoa das Chamas Sombrias e Janderiel, o Revenã das Terras Corrompidas, conhecidos como os Quatro Maus Maiores.

Os Quatro Maus Maiores eram perversos e malignos, e não viviam em harmonia com as outras raças, nem mesmo entre eles. Rapidamente, eles começaram a se reproduzir descontroladamente, criando uma horda de seres Obscúrios. Assim eles começaram a realizar atos indescritíveis contra toda a criação, o que trouxe fúria entre os primeiros povos, além de destruição por todo o planeta. Enquanto isso, Entropia batalhava internamente com suas dualidades.

Como os sísmicos, a raça com maior força física e mais orgulhosa, não aceitavam tais atos, se organizaram para neutralizar os Obscúrios. Logo uma dupla de sísmicas surgiu, liderando diversas batalhas contra os Obscúrios. Foram as criadoras da arte da oxiomancia, elas possuíam habilidades inimagináveis e muitas vezes lutaram sozinhas contra exércitos inimigos. E saíram vitoriosas, as transformando em lendas; seus nomes eram Anadem e Finnem.

Cyperion caminha até um ponto do longo afresco e diz:

— Em determinado ponto, os sísmicos e os Obscúrios estavam quase extintos, devido aos diversos confrontos. Enquanto isso, por conta de todo esforço e dada a percepção do equilíbrio eterno entre caos e ordem, a divindade Entropia estava bastante fraca. Em um ato de amor e objetivando acabar com os conflitos, ela dividiu as terras do planeta em 6 continentes, formando assim nosso planeta da forma que é hoje.

Além disso, para evitar que suas criações, ou seja, lampejos de si no mundo, se conflitassem, a Deusa colocou as raças em cada continente: os sísmicos foram divididos e colocados em Olimpus com Anadem, e em Templária com Finnem; Griff e os Metaphytas foram colocados em Plantária; os Auroriais em Sunna; as Ophídias em Valíkia; e os Obscúrios em Tártarus. Contudo, os Quatro Maus Maiores foram separados em diversos locais do continente, Narverio foi colocado ao oeste, Anfrielle foi colocada ao leste, Sakmenia foi colocada ao sul e Janderiel ao norte.

Com a força usada para realizar a divisão, Entropia exauriu-se. Depois disso, ela se dividiu em várias partes, formando os vários Deuses e Deusas para cuidar do nosso planeta. As partes que sobraram de Entropia lançaram-se no nosso planeta, assim formando os primeiros humanos, elfos, anões, gigantes e todas as outras raças.

Como não poderia deixar de ser, todos ficam admirados com a riqueza de detalhes da história contada por Cyperion. De fato, todo o ambiente parara para escutar o sísmico, com exceção de sua irmã, que já havia escutado aquela história tantas vezes. Porém, Cyperianna percebe que seu irmão contava aquele conhecido relato com um pouco mais de pompa do que de costume.

Anadrai se levanta, analisa toda a extensão do afresco e diz:

— Realmente, é um trabalho impressionante, vocês que fabricaram?

Cyperion fica feliz com o elogio e diz:

— Uma parte sim, mas, por gerações, a família Gnaisse vem fabricando partes deste afresco.

Tiberion fica paralisado e surpreso, e então diz:

— Vocês são da família Gnaisse?

Cyperianna, que retornava da cozinha com os pedidos, os coloca sobre a mesa e responde:

— Sim, somos o que sobrou da família Gnaisse, por quê?

Tiberion, reflexivo, diz:

— A família Gnaisse é bem conhecida em Olimpus, no passado lutaram em diversas guerras, eu achei que estavam extintos.

Cyperion meio sem jeito diz:

— Sim, nossos antepassados viviam tanto como prosadores, quanto como guerreiros, mas eu e minha irmã não somos como eles, nós decidimos vivermos de forma pacífica, longe de batalhas e de reis e rainhas autoritários.

Anidria e Anadrai ficam surpresas e em um breve momento pensam como seria viver daquela maneira. Syfa, que estava encabulada, desabafa:

— Muitos reis e rainhas autoritários sacrificam suas vidas pelo bem-estar do seu povo.

Cyperion fica sem entender o posicionamento de Syfa, e então diz:

— Você fala, cara viajante, como se entendesse como é ser uma governante.

Syfa, tentando se explicar, diz:

— Às vezes eu tento me colocar no lugar dos outros, para conseguir compreender o ponto de vista daquela pessoa.

Cyperion fica desconfiado, contudo, tenta mudar de assunto e pergunta:

— Vocês, Anidria e Anadrai são de que família?

Anadrai fica pensativa e Anidria, que já estava alterada devido à bebida, responde:

— Somos da família Slate.

Cyperion pensa alto e diz:

— Mas os Slate não servem a monarquia amazônica?

Todos ficam em silêncio, Cyperion fica sem graça e vira para Syfa:

— Então você é a rainha amazona. Me desculpe, Majestade, eu não queria ofendê-la, é que minha família servia à monarquia bárbara e eu não tenho boas recordações.

Syfa não responde nada, apenas fica pensando. Tiberion adota um semblante de descontentamento, mas não diz nada. Rindo, Anidria diz:

— Acho que falei demais, não foi?

Todos estranham as atitudes dela, e então, utilizando a ligação mental com sua irmã, Anadrai diz:

— O que está acontecendo? Por que está agindo assim?

Anidria responde mentalmente:

— Você está tão séria, está parecendo até a nossa mãe.

Syfa, tentando explicar, diz:

— Eu? Rainha? Não, somos apenas comerciantes e contratamos elas para nos ajudar a atravessar as rotas mercantis em segurança, apenas isto.

Cyperianna, desconfiada, diz:

— Vocês devem estar transportando coisas bem valiosas, para precisarem da escolta de duas sísmicas...

Yufia, que observava tudo calada, diz:

— Pessoal, vamos comer, nossa comida vai esfriar.

Todos se servem e se alimentam até ficarem completamente saciados. Após terminarem a refeição, um homem entra correndo na taberna, parecia estar bem assustado e então para no balcão da taberna e diz:

— Houve um massacre na cidade... vários corpos foram cortados em pedaços... não é possível nem identificar as vítimas... e os líderes da cidade foram presos em jaulas!!! Eles estão em choque e ninguém está conseguindo tirá-los das jaulas.

Cyperion, preocupado, diz:

— Acalme-se, Lério, onde aconteceu este massacre? Tome isto — Cyperion coloca água em um copo e entrega para o homem.

Lério tremendo diz:

— Lá na praça central... onde estavam organizando leilões de escravos...

Cyperion tranquilo diz:

— Ah, eu sabia que tinha algo a ver com os leilões. Nunca houve escravidão em Olimpus e estava demorando para alguém tomar uma atitude como esta.

Lério, que estava bastante ansioso, diz:

— Tenho que retornar para o mercado, mesmo estando com medo, tenho que vender minhas verduras — Lério parte com passos acelerados e olhando por todos os lados com medo.

Tiberion, impaciente, diz:

— Vocês estão relacionados com os leilões?

Cyperion, rapidamente, diz:

— NÃO, muito pelo contrário, me sigam — Cyperion caminha para os fundos da taberna e abre uma porta que dá acesso a várias escadas, eles descem até um piso inferior e lá estavam várias pessoas.

Cyperianna em tom alegre diz:

— Com o passar dos dias, algumas pessoas conseguiram fugir dos leilões e estão vindo até a taberna atrás de alimento, e nós estamos abrigando e alimentando-as, até que seja seguro para elas irem. Tem alguns até feridos, estou fazendo curativos para que logo fiquem bem.

Yufia observa que algumas pessoas estavam muito machucadas, e então diz:

— Quem estiver com ferimentos me avise, que estarei indo até você para curá-lo. Após alguns minutos, Yufia segue curando os refugiados.

Anidria e Anadrai vão até as crianças que estavam presentes no local e começam a brincar com elas, algumas crianças não brincavam, porque estavam tristes. Anadrai observa e então desembainha seu martelo e, utilizando a oxiomancia, forja alguns cavalos, lobos e ovelhas em miniatura para as crianças brincarem. Anidria senta-se ao lado das crianças tristes e começa a brincar com elas, logo todas as crianças estavam brincando.

Cyperion observa Anidria brincando com as crianças, vai até ela e diz:

— Nossa, nunca vi essas crianças tão felizes, você tem jeito com elas.

Anidria fica envergonhada e suas bochechas adotam cores avermelhadas, Cyperion senta-se ao lado de Anidria e coloca sua mão sobre a mão dela.

Alguns refugiados estavam com fome, e então Cyperianna vai até a cozinha buscar alimentos para eles, contudo, pede para alguém a ajudar. Anadrai se oferece para ajudá-la, e Yufia termina de curar os refugiados e também vai ajudar a buscar alimentos.

Syfa conversa com os refugiados e pergunta de onde eles são. Eles dizem que são de diversas vilas dos reinos de Kerindor e Calôndia. Syfa fica bastante abalada ao ver o povo de seus reinos daquela maneira, e então desaba em lágrimas. Ela não consegue continuar no local e retorna para a parte superior da taberna, Tiberion a segue e tenta consolá-la.

Anidria observa que Syfa saiu do local chorando, logo ela vai ao seu encontro na parte superior da taberna. Quando estava subindo as escadas, Cyperion vai até ela e a chama, quando ela se vira, ele a beija e ela retribui. Os dois ficam se beijando por alguns segundos, até que são interrompidos por Cyperianna e Anadrai descendo as escadas com os alimentos para os refugiados.

Cyperianna, em tom de brincadeira, diz:

— Nós estamos atrapalhando alguma coisa?

Anidria fica bastante sem jeito, e continua subindo até a parte superior da taberna. Cyperion fica envergonhado e retorna para brincar com as crianças.

Cyperianna vira-se para Anadrai e diz:

— Eu disse algo?

Anadrai começa a rir da situação e ambas continuam levando os alimentos para os refugiados. Anidria continua o caminho até Syfa suspirando e alegre. Chegando no salão da taberna, ela observa Tiberion abraçando Syfa, que estava chorando bastante.

— Nunca pensei que meu povo passaria por isto, eu sou uma péssima rainha.

Tiberion tenta consolá-la e diz:

— Não foi sua culpa, nós nem sabíamos da existência desta ameaça.

Anidria fica calada apenas observando Syfa.

Syfa pensa por alguns segundos, seca as lágrimas de seu rosto e diz:

— Mas agora eu irei até o fim, nem que isso custe minha vida, irei encontrar todos os culpados, e os farei pagar — Syfa adota outra postura, era possível ver que seus olhos se encheram de fúria.

Anidria reflete e diz:

— Temos que descobrir onde os bárbaros rebeldes estão assentados e qual o tamanho do exército deles. Podemos tirar estas informações dos líderes da cidade.

Syfa, séria, diz:

— Ontem, durante o leilão, Tiberion conseguiu algumas informações com aqueles bárbaros que estavam presentes. Templária está envolvida nos ataques. Acreditamos... que tudo foi parte dos planos deles, os ataques foram para causar a guerra civil em Olimpus, assim ficaria mais fácil para conquistar um continente destruído pela guerra.

— Um plano muito bem arquitetado..., mas tiveram êxito graças aos traídos entre nós. Mas você tem minha palavra, Syfa, irei limpar Olimpus desta escória traidora — diz o rei bárbaro de forma determinada.

Os outros retornam para a parte superior da taberna, e então Syfa chama Cyperion. Ela agradece por estar ajudando os refugiados, logo eles pagam pela comida e bebida que consumiram, e então Syfa, séria, diz:

— Temos que partir, assuntos urgentes nos aguardam.

Todos se despedem e saem da taberna. Cyperion e Cyperianna ficam na porta da taberna observando eles partirem. Quando o grupo está bem distante da taberna, Anidria diz:

— Nossa, eu esqueci minha adaga na taberna, podem continuar, eu já volto.

Ela volta correndo e, ao chegar na porta da taberna, ela abraça e dá um beijo de despedida em Cyperion, e diz:

— Quando tudo isso acabar, eu volto para lhe encontrar, é uma promessa.

Yufia observa tudo distante e seu olhar se enche de esperança. Logo Anidria retorna correndo ao grupo com um sorriso no rosto.

7º CAPÍTULO

O Machado Enferrujado do Carrasco

O grupo caminha pela cidade de Ferrer até o portão de entrada. Ao chegarem na entrada da cidade, observam o horizonte e localizam as carroças em que eles estavam viajando, logo eles saem da cidade e vão se juntar com o restante do grupo, os guardas que estavam no portão ficam sem entender, contudo, não dizem nada. Ao chegarem, Ângela e os bárbaros questionam Syfa e Tiberion e estes apenas dizem:

— Se preparem, vamos entrar na cidade.

Logo Syfa e Tiberion retiram as roupas de aldeões que eles vestiam por cima das armaduras e ficam com as armaduras à mostra. Eles vão até a carroça em que estavam as armas e as equipam, Tiberion pega seu Martelo A Última Lembrança e Syfa sua Lança Céu-Rompente. Logo todos tiram as roupas de aldeões e se munem com suas respectivas armas. Yufia observa a todos sem esboçar nenhuma reação.

Syfa, que já estava pronta para partir, diz:

— Nós prendemos os líderes da cidade, agora vamos retomá-la.

Tiberion, implacável, diz:

— Venham comigo — Zion que estava deitado, se levanta, dá um rugido e fica ao lado de Tiberion.

Logo todos caminham para a entrada da cidade e os bárbaros Ganner e Tellius conduzem as carroças seguindo o grupo. Os guardas fecham a entrada da cidade e dizem:

— Quem são vocês?

Tiberion, sem paciência, diz:

— Abram o portão imediatamente, sou Tiberion, seu rei.

Imediatamente os guardas levantam o portão e o grupo adentra na cidade, e seguem para a praça principal, onde estavam ocorrendo os leilões de escravos.

O comboio caminha pelas ruas principais da Cidade de Fenner. Uma multidão de cidadãos os segue, todos estavam confusos, contudo, continuam seguindo o grupo, visto que alguns reconheceram o rei Tiberion.

Chegando na praça principal, Syfa e Tiberion sobem em uma espécie de palco, onde eram conduzidos os leilões. Havia vísceras por todos os lados, e os cidadãos ficaram em choque e se questionaram quem poderia cometer tais atos. Logo Yufia conjura uma magia de vento, fazendo surgir uma forte brisa, que remove todas as vísceras do local.

Tiberion, que estava impaciente, grita:

— CHAMEM O CARRASCO, hoje teremos alguns julgamentos.

Rapidamente, todos começam a murmurar e, após alguns minutos, surge um homem vestindo uma túnica preta, com um capuz na cabeça e munido de um machado antigo enferrujado, e diz:

— Eu sou o carrasco de Fenner.

Syfa, implacável, diz:

— Pode subir, carrasco. Anidria e Anadrai, tragam os acusados e os posicionem aqui.

Rapidamente o carrasco sobe no palco, se posiciona ao lado de Syfa e aguarda. Anidria e Anadrai vão até as jaulas, buscam os líderes da cidade e os acorrentam na frente de todos.

Tiberion, em tom de justiça, diz:

— Vejo que alguns de vocês já me reconheceram, mas vou me apresentar. Me chamo Tiberion, *Rei Bárbaro do Oeste* e esta é Syfa, *Rainha Amazona do Leste*. Hoje iremos realizar o julgamento de Ernest Bender líder de Fenner e sua esposa Hilda Bender.

Todos presentes ficaram surpresos, nunca na história de Olimpus bárbaros e amazonas foram vistos como aliados, ainda mais os líderes das nações. O silêncio no local tomou conta de todos... era possível ouvir o barulho do vento tocando as árvores.

Tiberion se posiciona ao lado dos líderes da cidade e inicia sua fala:

— Ernest, sob suas ordens foram realizados leilões de escravos nesta cidade, onde pessoas foram tratadas como mercadorias. Sequestradas, maltratadas, elas foram arrastadas de suas vilas até aqui. Povo do nobre continente de Olimpus, do nosso continente... de todas as idades... de todas as raças...

Você poderia ter impedido tudo isso, contudo, preferiu lucrar ao invés de cumprir com seu dever mais importe, que era proteger as pessoas. Eu, seu rei, confiei a liderança desta grande cidade a você... porém, mostrando verdadeiramente seu caráter... sua falta de honra... você escolheu trair seu povo e, principalmente, trair a coroa.

Ernest, que estava aos prantos, começa a murmurar:

— Majestade, eu fui forçado, eles não me deram escolh...

Syfa, que estava tomada pela fúria e impaciente, desfere uma joelhada no rosto de Ernest e grita:

— COVARDE. Fale em alto e bom tom, todos presentes querem ouvir suas palavras.

Anidria e Anadrai ficam surpresas, nunca viram Syfa tomar este tipo de atitude. Tiberion também fica surpreso e diz:

— Quem está envolvido nisto, Ernest? Quero nomes.

Com o golpe de Syfa, Ernest perde o equilíbrio e começa a cambalear, seu rosto está sangrando bastante. Ele tenta falar, contudo, não consegue e começa a cuspir sangue, juntamente a seus dentes. Syfa observa e implacavelmente diz:

— Acho que ele não tem mais nada a dizer e isto significa que é inútil para nós, coloque-o no bloco de execução.

Anadrai vai até Ernest, o levanta e o acorrenta no Bloco de Execução.

Hilda entra em desespero e grita:

— NÃO MATEM MEU MARIDO... EU CONTO... EU CONTO TUDO... Há alguns meses atrás, nós recebemos Gandril, como de costume, contudo, ele estava acompanhado por um homem alto e robusto, parecia um bárbaro, mas estava com as vestes diferentes, ele usava uma armadura prateada e portava uma espada e escudo. Eu achei estranho, mas Gandril o apresentou para nós como Pharnion, "o verdadeiro rei de Olimpus".

Tiberion se enfurece e diz:

— Verdadeiro rei? Pharnion é um bastardo, fruto da traição do meu pai com uma mulher de Templária.

Syfa, implacável, diz:

— Isto é tudo? Não quer nos contar mais nada?

Hilda estava caída no chão, parecia sem esperanças, e disse:

— Não sei mais nada, eu não participei da reunião. Contudo, após alguns dias, os leilões de escravos iniciaram-se e Ernest começou a receber uma enorme quantidade de lingotes de ouro semanalmente.

Syfa sem entender diz:

— Mas você não o questionou de onde estava vindo todo este ouro? — Hilda permanece em silêncio.

Tiberion, com olhar de fúria, diz:

— Já que isto é tudo. Acordem ele.

O bárbaro Kenerel pega um balde cheio de água e joga na cabeça de Ernest, e ele acorda. Tiberion continua dizendo:

— Ernest, sob seu consentimento e ordens, ocorreu a violação das leis básicas dos reinos bárbaros, onde aldeões foram transformados em escravos, em decorrência disto, eu o condeno à morte.

Hilda surta, começa a gritar desesperadamente, pedindo perdão, contudo, Syfa vai até ela e desfere um tapa brutal em seu rosto.

Tiberion levanta seu braço e o carrasco o acompanha, erguendo o machado. Logo Tiberion abaixa seu braço, ordenando a execução. O carrasco desfere um golpe no pescoço de Enert, contudo, como o machado estava bastante enferrujado, não decepa a cabeça dele e ele começa a se debater fazendo jorrar sangue em todos presentes. Em um segundo golpe de machado, a cabeça de Enert é decepada. Tiberion, totalmente ensanguentado, ajoelha e pega a cabeça e a mostra para todos dizendo:

— Este é o destino de todos que contribuírem com a escravidão em Olimpus.

Hilda estava chorando sobre o corpo do marido e diz:

— Eu não mereço este destino, ele que é responsável por tudo, eu não tinha escolha.

Syfa se ajoelha perante a Hilda e diz de forma maquiavélica:

— Mas você poderia ter informado seu rei sobre esta reunião e não o fez, contudo, você não terá o mesmo destino do seu marido, tragam um cavalo e uma corda.

Astril vai até uma das carroças e busca um cavalo para Syfa. Ela se levanta, puxando Hilda pelos cabelos. Syfa tranquilamente diz:

— Anadrai, solte as correntes dela.

Anadrai rapidamente solta a mulher, por um segundo, o semblante de Hilda muda, ela pensa que será perdoada e irá escapar daquela situação.

Contudo, Syfa implacavelmente desfere um golpe com o cotovelo no rosto de Hilda e ela cai no chão cambaleando. Syfa amarra os pés da mulher utilizando a corda. Em seguida, prende a corda no cavalo, além de soltar o cavalo. De sobejo, dá um golpe com a mão no traseiro do animal, que começa a correr velozmente, arrastando Hilda por toda a cidade, fazendo um rastro de sangue pelas ruas...

O silêncio instaurado pela perplexidade de todos no recinto era cortado apenas pelos gritos de Hilda, que era arrastada de forma violenta pelas ruas da cidade. Ao longo do caminho, a intensidade dos gritos foi diminuindo... até não ser possível escutar mais nada. Centenas de pessoas assistiam à execução compenetrados no calor dos acontecimentos. Syfa, que adquirira uma expressão de alívio, estava satisfeita como a coisa se desenrolou.

No entanto, voltando a si, percebeu que talvez deixará seus sentimentos tomarem conta de sua decisão. Por dois motivos, o primeiro, diz respeito a Tiberion. Uma vez que, por não estar em seu território, a rainha das amazonas não tinha autoridade para executar ninguém. O outro, pelo fato de que suas ações foram baseadas na tradicional veia punitiva do direito amazônico. Assim, não lhe foi surpresa os olhares de surpresa de todos... e, pior, o olhar de desaprovação de Tiberion.

Sem saber muito bem o porquê, Syfa, que sempre foi muito protetiva para com suas próprias decisões, se pegou pensando nos sentimentos de Tiberion. Estaria a rainha amazônica preocupada com o sentimento do rei Bárbaro? De qualquer forma, Syfa vê a necessidade de explicar suas ações a todos.

— Hoje tivemos a prova de que nossas terras estão sendo invadidas pela escória de Templária. E, para mim e acredito que para meu amigo, o rei Tiberion, não há perdão para quem conspira contra a grande nação de Olimpus. Sob nossos olhos e sob nossa proteção, centenas de cidadãos de Calôndia e Kerindor foram subjugados e vendidos. Por esta razão, de acordo com o que me compete, que é o dever para com a honra de nossa nação, me comprometo aqui e agora com vocês: não haverá misericórdia para quem atentar contra nossos lares... nossas crianças... e tudo que esta terra pode nos dar — disse Syfa, que foi seguida por aplausos e alvoroço dos populares presentes.

Tiberion, que estava calado até o momento, diz:

— Que se faça escutar em todos os ouvidos, hoje nos unimos com nossas irmãs do oeste para derrotar um inimigo em comum. Faço das palavras da rainha Syfa, as minhas, e acrescento: Brindemos! Brindemos hoje à noite à grande nação de Olimpus, esta comemoração marcará o início de uma nova era de liberdade e prosperidade nesta cidade. Ao final de nossa comemoração, estarei anunciando um novo líder para a cidade de Fenner, aguardo a todos no grande salão na casa do líder, todos os cidadãos estão convidados.

Ao anoitecer, as comemorações deram-se início. Tiberion havia pedido para preparar um banquete gigante, com diversos tipos de pratos, dispostos em várias mesas, e diversas bebidas. O Salão era enorme e estava ornado por diversas flores e arranjos, todos da cidade e arredores estavam presentes, havia centenas de populares. Na mesa central do salão estavam sentados à esquerda Tiberion acompanhado por seus bárbaros, e à direita estavam sentadas Syfa acompanhada de Anidria e Anadrai e suas amazonas, Zion estava deitado em um tapete próximo à lareira do salão. Syfa e Tiberion estavam lado a lado.

Tiberion observa a todos e estes estavam felizes e se divertindo. Ele então observa Syfa e, pela primeira vez, ele a vê sorrindo. Tiberion fica hipnotizado por Syfa. Ela estava com a coroa amazona e com diversas flores nos cabelos. Ele a admirava, pois, além de sua imponência, ela transmitia delicadeza e benevolência... contudo, se pegou pensando sobre seus atos no julgamento e o lado impiedoso que conhecera dela, o que acabava por remeter à fama de sua mãe, a temida rainha Cerina.

O momento reflexivo de Tiberion é interrompido pelos cumprimentos de Cyperion e Cyperianna. Cyperion, sem jeito e tentando contornar a situação, diz:

— Eu sabia que vocês não eram comerciantes, peço desculpas pela forma que falei de vocês, agora, conhecendo melhor vocês, vejo como eu estava errado, vocês vivem pelo povo.

Syfa sorridentemente diz:

— Tudo bem, Cyperion. Todos tomamos atitudes baseadas no que conhecemos de cada pessoa, contudo, algumas vezes podemos estar errados... outras não.

Tiberion, concordando com Syfa, diz:

— É isto mesmo, mas deixe esta história para lá, hoje é dia de festejar, junte-se aos outros, tenho algo a dizer.

Cyperion e Cyperianna fazem reverências e se juntam aos populares. Logo Tiberion se levanta e convida Syfa para se levantar também, e pede atenção a todos.

Tiberion toma a frente acompanhado por Syfa e inicia seu discurso:

— Bem-vindos, meus amigos, hoje comemoraremos o início de uma nova era em Olimpus, um novo momento onde agiremos presentemente contra todos que não seguem nossas leis e prezam pelo lucro pessoal, não pensando no próximo. E, para isto, conto com a aliança da minha amiga e também monarca Syfa.

Tiberion pega na mão de Syfa e a levanta mostrando a lealdade que tem a ela. Todos ficam surpresos, contudo, a surpresa é dissipada por uma salva de palmas e gritos de alvoroço. Há anos as pessoas ansiavam pela paz e união de toda Olimpus. Esta aliança histórica traria tais coisas ao continente.

Tiberion continua seu discurso dizendo:

— Mas esta é apenas nossa primeira vitória, ainda temos um grande caminho a trilhar, contudo, seremos recompensados com um continente unificado, onde todos trabalharemos juntos para um bem em comum.

Os olhos de todos se enchem de esperança e então Tiberion diz:

— Que comecem as comemorações.

A música é iniciada, Tiberion vai até Syfa, faz uma reverência e a chama para dançar. Surpreendentemente, ela aceita. Os dois seguem até o centro do salão e começam a fazer uma dança típica de Olimpus.

Cyperion vai até Anidria e a chama para dançar. Ela fica bastante feliz e aceita instantaneamente. Os dois também seguem para o centro do salão e são acompanhados por diversos aldeões presentes.

Anadrai observa todos dançando, logo Cyperianna vai até ela e diz:

— Você não vai dançar?

Anadrai, meio sem jeito, diz:

— Ah, eu não levo muito jeito para dança, sabe — e dá uma risadinha de canto de boca.

Cyperianna, reverenciando Anadrai, diz:

— Deixe disso, venha dançar comigo, não quero ficar sozinha.

Anadrai fica envergonhada e diz:

— Eu até queria dançar com você, mas... eu não sei dançar... — Anadrai adota um semblante de tristeza.

Cyperianna pensa por alguns segundos e diz:

— Me siga.

Cyperianna pega na mão de Anadrai e a puxa, elas seguem até o andar superior do salão. Era uma área aberta, sendo possível ver parte da cidade e o céu.

Ao chegarem, Anadrai fica encantada pela noite estrelada e senta-se no parapeito do local. Cyperianna vai até ela e diz:

— As estrelas então lindas hoje, venha... vamos dançar, hoje elas serão nossa plateia.

Anadrai fica acanhada, contudo, aceita o convite e deixa-se ser conduzida por Cyperianna.

Cyperianna conduz Anadrai na dança e ensina os passos de dança para ela. Anadrai fica sem jeito no começo, contudo, após algum tempo, ela se sente à vontade com Cyperianna e as duas dançam primorosamente. Após dançarem por algum tempo, elas encostam no parapeito do local e Cyperianna diz:

— Acho que meu irmão gosta mesmo da sua irmã.

Anadrai, reflexiva, diz:

— Eu nunca vi a Anidria deste jeito, também acho que ela gosta dele.

Cyperianna adota um semblante alegre e diz:

— Bem... eu estou feliz por eles e por nós também, pois seremos uma família. E eu também gosto muito de você.

A pele acinzentada de Cyperianna adota uma coloração avermelhada.

Anadrai, que estava bem tímida, diz:

— Eu também gost...

Ela é interrompida por um beijo de Cyperianna. Anadrai se assusta, contudo, retribui o beijo. Ao terminarem o beijo, Anadrai fica muito envergonhada, retorna para a comemoração e se senta na mesa principal. Todos continuam dançando, bebendo e comendo. Após algum tempo, Cyperianna retorna para o salão e sorri para Anadrai.

Tiberion e Syfa retornam para a mesa principal e ocupam seus lugares de destaque. Logo todos se sentam também. Após todos se sentarem, Tiberion se levanta e diz:

— Como vocês sabem, nesta tarde, Enert e Hilda Bender foram depostos de seus cargos de líderes da Cidade de Fenner e executados devidos aos crimes de traição à monarquia e também ao terrível crime de apoio à escravidão. Eles, fugindo de suas responsabilidades, e, principalmente, demonstrando uma falha de caráter sem igual, montaram um mercado ilegal de escravos nesta cidade. Espero que a morte deles sirva de exemplo para todos. Mas, deixando isso de lado, devido aos seus feitos, que mostraram benevolência e responsabilidade com os cidadãos, que são as características principais para um líder, eu nomeio Cyperion e Cyperianna Gnaisse como os novos líderes da Cidade de Fenner.

Cyperion e Cyperianna ficam sem reação e ficam literalmente paralisados após o discurso de Tiberion. Os presentes ficam sem entender, visto que os irmãos nunca foram ligados à política. Tudo bem que eles eram sísmicos, mas como simples taberneiros ascenderam ao poder?

Contudo, Tiberion continua dizendo:

— Enquanto todos estavam observando tudo que ocorria na cidade de braços cruzados, eles abrigaram as pessoas que conseguiram fugir, as alimentaram, as esconderam em um local para ficarem seguras e deram esperança, e isto é o mais importante.

A maioria dos presentes ainda não entende a atitude do Rei bárbaro, contudo, o rei sabia que ter membros da família Gnaisse como aliados seria crucial no período o qual o continente está vivendo.

Tiberion chama Cyperion e Cyperianna, eles vão até ele e se ajoelham perante o rei. O líder dos bárbaros entrega um anel para cada um dos gêmeos. Eram os anéis que pertenciam a Enert e Hilda. Cyperion e Cyperianna ficam emocionados e dizem a uma só voz:

— Nós vamos honrar nosso dever com os cidadãos e restaurar a honra da nossa cidade, que é o coração de Olimpus. Damos nossa palavra, Rei Tiberion.

Syfa fica bastante orgulhosa com a atitude de Tiberion. Ela o admira calada por alguns segundos e puxa uma salva de palmas, que é acompanhada por todos presentes no salão.

Logo todos retornam às comemorações e assim permanecem até o amanhecer. Yufia observa toda aquela alegria e comemoração e se retira do salão. Quando estava bem distante, ela se vira para trás e em voz baixa diz:

— Meu trabalho aqui está finalizado.

Como uma leve brisa, ela desaparece e se dissipa completamente.

8° CAPÍTULO

O Anel da Promessa Derradeira

Ao amanhecer do dia, todos estavam cansados da comemoração da noite anterior. As primeiras a despertar foram as irmãs Anidria e Anadrai, que estavam com expressões nada agradáveis, possivelmente preocupavam-se com os gêmeos Cyperion e Cyperianna, que foram colocados como líderes da Cidade de Ferrer.

Após algumas horas, Syfa também desperta acompanhada de Lívia e Ângela e vão ao encontro de Anidria e Anadrai, e as questiona:

— Vocês parecem preocupadas, tudo bem?

Anidria e Anadrai respondem:

— Estamos pensativas sobre o destino dos gêmeos Gnaisse.

Syfa dá uma risada e diz:

— Bem, eles ascenderam ao posto de líderes desta cidade, acredito que isto é uma ótima oportunidade para eles.

As gêmeas Anidria e Anadrai vão até uma janela e observam o horizonte, ambas com semblante de tristeza.

Syfa percebe a tristeza delas e, tentando consolá-las, diz:

— Sei que vocês gostam deles e logo teremos que partir, mas, quando tudo isto chegar ao fim, vocês estão livres para viverem suas vidas como quiserem, mesmo eles sendo de reinos bárbaros, não vejo impedimento em vocês se relacionarem com eles.

Uma fagulha de esperança parecia acender nas irmãs após ouvir as palavras de aprovação da rainha amazona. O semblante das duas mudara quase que instantaneamente. Contudo, as amazonas Lívia e

Ângela ficam sem entender as palavras da rainha amazona, pois não era comum que se fosse encorajado relacionamento com indivíduos do continente bárbaro. No entanto, as generais não a questionam, mas, separadamente, percebem que a campanha atual mudaria para sempre a relação entre leste e oeste.

Neste ínterim, Tiberion e Zion despertam e chegam ao salão acompanhados por Kenerel, Tellius, Astril e Ganner. Logo todos se sentam na mesa principal do salão e Tiberion diz:

— Que dor de cabeça, alguém me dê uma machadada para aliviar...

Syfa, em tom de brincadeira, diz:

— Alguém bebeu demais ontem na comemoração.

Todos os presentes caem na risada e Tiberion, sem graça, diz:

— Podem rir, seus bastardos.

Syfa retorna seu semblante de seriedade e diz:

— Temos que continuar nossa jornada.

Tiberion responde:

— Concordo, mas vamos realizar uma refeição antes de partir.

Lívia, intrigada, diz:

— Alguém viu a Yufia? Será que ela está dormindo?

Anadrai pensa por alguns segundos e diz:

— Eu me lembro de ter visto ela durante a festa, apenas observando a todos. Mas, depois do anúncio de Tiberion, não me lembro de ter visto ela.

Syfa, direta, diz:

— Ela deve ter seus motivos...

Tiberion, entristecido, diz:

— Ela nos ajudou bastante, eu queria ao menos agradecer.

Logo um serviçal da residência dos líderes chega trazendo refeição para todos. Ele é acompanhado por Cyperion e Cyperianna, e estes se juntam aos outros, tomando os acentos principais da mesa. Após se sentarem, Cyperianna diz:

— Vocês parecem apressados, aconteceu alguma coisa?

Anidria responde:

— Temos que continuar nossa jornada e partiremos após a refeição.

Cyperion, sem acreditar, diz:

— Achei que vocês ficariam mais tempo conosco...

Syfa fica sem graça e diz:

— A resolução dos nossos assuntos ao norte é essencial para o futuro e segurança do continente, sendo assim, não podemos aguardar muito.

Cyperianna chama Anadrai para uma conversa a sós. Ambas seguem para o pátio da residência, que tinha um lago passando no centro, várias árvores frutíferas e um jardim florido.

Cyperianna retira um anel que estava utilizando e entrega à Anadrai, que o observa. O artefato parecia ser uma joia muito antiga, tinha um tom rosado, mas era feito de ouro. Pequenos diamantes o adornavam. Anadrai, que sentiu vontade de chorar, diz:

— Não posso aceitar.

— Aceite-o, por favor. Esse anel pertence à minha família por gerações, quero que o aceite como prova dos meus sentimentos por você e como uma promessa de que ficaremos juntas.

Anadrai fica muito feliz e diz:

— Bom... se é assim, eu aceito e agradeço do fundo do meu coração. Lhe prometo que quando tudo acabar, eu voltarei para você e usarei o anel no meu dedo após cumprir a promessa.

Anadrai retira um colar que estava usando no pescoço, coloca o anel na corrente e coloca o colar no pescoço.

Após isto, ela desembainha seu martelo e conjura uma habilidade antiga por alguns segundos. Seus olhos se tornam vermelhos, ela carrega seu martelo, formando uma luz vermelha e dá uma leve martelada em sua própria mão, fazendo surgir um broche lapidado com pedras preciosas, que era formado totalmente por uma pedra de rubi esculpida.

Anadrai entrega o broche para Cyperianna, que estava hipnotizada. Enquanto manipuladora, Cyperianna já vira seu irmão fazendo forja várias vezes, mas a gentileza de Anadrai, sua esquisitice encantadora e a sua perícia em forja lhe fascinavam. Ela fica encantada pela peça e passa alguns segundos observando cada detalhe, logo as duas sísmicas sintonizam seus olhares, Cyperianna fica com vergonha e Anadrai a beija.

Enquanto Anadrai se despedia de sua irmã, Cyperion chama Anidria para que pudessem conversar a sós em um salão de reuniões da residência. Ambos caminham juntos até o salão, e, ao entrarem, Cyperion fecha a porta, vai até Anidria e diz:

— Eu queria que você ficasse aqui em Fenner comigo, diga à sua rainha que você quer ficar, podemos construir uma nova vida aqui, longe de guerras — o semblante de Cyperion parecia esperançoso aguardando a resposta de Anidria.

Anidria estava hipnotizada pelas palavras de Cyperion, contudo, recobrou-se e disse:

— Eu... Eu... nunca senti algo assim por ninguém... eu não sou assim e com toda certeza nossa relação me mudou... de alguma forma, meu maior desejo é ficar aqui com você, é um sentimento que não consigo explicar, parece que o próprio destino está me dizendo para ficar... Mas eu tenho um juramento a honrar com minha rainha, é isto que definirá o futuro da minha família... e talvez até do continente.

Anidria estava dividida entre o juramento que fez a Syfa e o amor que sentia por Cyperion. Com isto, sua mente e seu coração estão em conflito.

Cyperion fica triste, contudo, diz:

— Eu consigo entender sua escolha, de optar pela honra, mas este sentimento de honra também é retribuído pela sua rainha?

No fundo, Cyperion, como sísmico, principalmente um sísmico rebelde, sabia que Syfa enxergava Anidria e Anadrai apenas como armas, mas o que mais o impressionava era o fato das gêmeas colocarem os interesses da monarca acima dos seus.

Anidria não consegue responder ao questionamento de Cyperion e permanece calada. Ele retoma a fala e diz:

— Não estou lhe julgando pela sua escolha, mas quero que você pense no que eu te disse.

Cyperion abraça Anidria e ela começa a derramar suas lágrimas. Naquele momento ela sentia todo o peso da honra, algo que ela sempre carregou, contudo, nunca havia sentido tanto o fardo de ser uma exímia manipuladora.

Após alguns minutos, Anidria retorna ao grupo, uma vez que todos os preparativos haviam sido feitos e as carroças já estavam preparadas para a partida. Todos já tinham colocado as roupas de aldeões por cima das armaduras e aguardavam apenas Anidria para a partida.

Cyperion vai até Anidria e a ajuda a cobrir sua armadura com as vestes dos aldeões. Ela sobe na carroça com ajuda dele e ele fica ao lado de sua irmã Cyperianna.

Tiberion, animado, diz:

— Cuidem bem desta cidade, vejo vocês em alguns dias.

Todos se despedem e Cyperianna não consegue segurar suas lágrimas. Cyperion, também chorando, vai acompanhando a carroça onde estava Anidria e, segurando a mão da sísmica, no último momento, ele entrega um anel e diz:

— Isto é para você se lembrar de mim.

Rapidamente, os cavalos tomam velocidade e ele fica com o braço esticado em direção ao grupo. Anidria observa o anel, que era feito de ouro, ornado de diamantes, com uma grande pedra central lapidada e, internamente, estava gravado as letras C e A. Após a partida do grupo, Cyperianna vai ao encontro de seu irmão e o abraça. Anidria e Anadrai seguem o caminho olhando para trás, até não ser possível ver a Cidade de Fenner.

9° CAPÍTULO

O Machado Força Indomável

O comboio segue a estrada em direção à capital do reino de Luctor, a cidade bárbara Cernira. Eles viajam durante todo o dia, as amazonas ficam encantadas pelas paisagens gélidas do norte de Luctor.

Ao anoitecer, o grupo monta acampamento no pé de uma montanha, a fim de que pudessem descansar. Durante o repouso, todos pensam em como as coisas haviam mudado desde que saíram de seus lares. Porém, atrapalhando a reflexão, logo chega o alvorecer.

O grupo continua sua árdua jornada, principalmente porque o clima não favorecia àqueles que eram humanos, viajando durante todo o dia, enquanto ainda está quente.

Passados alguns dias de faina, o comboio chega aos arredores da Cidade de Cernira. Syfa e Tiberion decidem adentrar em uma floresta ao lado da cidade, a fim de montar um acampamento em local fora de vista.

Adentrando na floresta, eles encontram uma clareira, onde era possível observar o castelo da cidade: a morada do bárbaro, corrupto, Gandril. Tiberion observa fixamente o castelo e reflete sobre a traição de seu general.

Ao terminar de montar o acampamento, todos vão se repousar. Syfa observa Tiberion, algo parecia estar o incomodando. Ele continua sentado, olhando o castelo pela clareira. A rainha vai até ele, senta-se ao seu lado e diz:

— Tudo bem? Você quer conversar comigo?

Tiberion continua calado, apenas olhando para o castelo. Syfa se levanta e diz:

— Bem, acho que você precisa ficar sozinho.

Tiberion rapidamente responde:

— Quero sim... eu digo... conversar com você... eu só estava refletindo sobre tudo que aconteceu e o que motivou Gandril a tomar estas atitudes.

Syfa volta a se sentar e diz:

— Muitas coisas podem corromper as pessoas, como o poder, promessas infundadas... e o rancor.

Tiberion seriamente diz:

— Seja quais forem as motivações dele, ele é um traidor e como tal será punido pela gravidade dos seus atos.

— Estarei ao seu lado, meu amigo. Sei que juntos vamos limpar nosso continente. Agora, vou me repousar, você também deveria ir descansar.

Após algum tempo, Tiberion também vai se repousar. Contudo, ele se deita e não consegue adormecer. O rei bárbaro fica observando o céu estrelado, contemplando a grandiosidade das constelações, e lembra-se de sua infância, quando observava o céu com Gendila, sua finada mãe...

Gendila, sorridente, dizia:

— Olhe, meu filho, aquela constelação parece um leão.

O pequeno Tiberion olha para o céu maravilhado com a grandiosidade da constelação e diz:

— Que incrível, mãe, aquela parece um cachorro... — Tiberion aponta para o céu empolgado.

Gendila, orgulhosa, dizia:

— Sim, meu filho, todas as constelações formam algum desenho, e cada uma tem seu significado, logo você estará grande o suficiente para entender cada um deles — Gendila abraça o pequeno Tiberion.

Tiberion recupera-se e seus olhos se enchem de lágrimas de saudades deste tempo que passou com sua mãe, e ele diz:

— Hoje eu entendo, mãe...

Após algum tempo, ele adormece.

Ao amanhecer, todos acordam bem dispostos, apenas Tiberion estava com semblante de exaustão. Toda a jornada parecia estar o abalando profundamente... os sentimentos de Syfa... a relação dela com seu leão... o massacre que vira há pouco... e, ainda por cima, as traições... todas aquelas pessoas eram de sua confiança e o traíram. Ele não sabia mais em quem confiar. Mas sabia que teria que ir até o fim, concluindo sua tarefa de limpar Olimpus dos traidores.

Ele se levanta, vai até o grupo e diz:

— Vamos prosseguir?

Todos concordam, ajudam a desmontar o acampamento e, após algum tempo, eles seguem o caminho até Cernira. O vento era de cortar a pele...

Aproximando-se da entrada da cidade, eles observam várias pessoas acorrentadas. Trabalhando às margens de um rio, essas pessoas pareciam estar bem cansadas. Adultos, crianças e até idosos. O semblante de Syfa muda completamente, é possível ver fúria em seus olhos.

Ao aproximar-se, Syfa vai rapidamente às pessoas presas e, com um golpe com sua lança, arrebenta as correntes e diz:

— Quem fez isto com vocês? De onde vocês são?

Uma idosa, que estava bastante fraca, diz:

— Me chamo Vindia, somos da Vila Rochosa Leste do reino de Calôndia, nossa vila foi atacada e fomos trazidos para cá.

Syfa, entristecida, diz:

— Eles são da mesma vila daquela moça que foi brutalmente atacada.

É possível ver as lágrimas rolando sobre o rosto de Syfa.

Anidria, triste, diz:

— Sim, eles são da vila da Sílvia...

Vindia, eufórica, grita com toda sua força:

— SÍLVIA? Ela está viva? Vocês a conhecem?

Anadrai calmamente diz:

— Sim, ela está viva, é uma sobrevivente do ataque à sua vila.

Vindia suspira aliviada e diz:

— Sílvia é minha neta, eu não tinha notícias dela após ataque... achei... achei que o pior tinha acontecido.

É possível ver um brilho de esperança nos olhos de Vindia. O grupo se enche de esperança ao pensar que, ainda que sob aquelas condições, aquela idosa podia sentir esperança... e até mesmo alegria. Apesar de ser uma situação difícil, todos sentem seu sentimento de dever se solidificar, uma vez que, ainda que a jornada fosse difícil, Vindia era um exemplo vivo do porquê lutar por liberdade é o correto a ser feito, independentemente de qualquer coisa.

Syfa, de coração quente, diz:

— Ela está na capital de Calôndia, na cidade de Vernezia. Aqui, pegue estes lingotes e vá até ela, compartilhe com os outros para vocês recomeçarem suas vidas.

Syfa entrega uma bolsa cheia de lingotes de ouro, Vindia mal conseguia carregar e então alguns homens que também estavam acorrentados lhe ajudam.

Vindia fica surpresa e diz:

— Não sei como agradecer, com esta quantia podemos começar a reconstruir nossa vila.

Vindia e o grupo de pessoas partem em direção ao reino de Calôndia.

Syfa, Tiberion e o restante do comboio encaminham-se para a entrada da cidade de Cernira. A cidade era bem fortificada, disposta de uma muralha de pedra bem espessa, com cerca de vinte metros de altura.

Chegando à entrada, eles são barrados por um grupo de dez guardas. Tiberion desce da carroça já com seu martelo em mãos e Zion ao seu lado. Ao perceberam a presença de Tiberion, os guardas fecham o caminho.

O líder dos guardas, sarcástico, diz:

— Vocês não estão autorizados a passar.

Tiberion gargalha e diz:

— Eu preciso de autorização para entrar na minha cidade? Eu sou Tiberion, *Rei Bárbaro do Oeste*, saiam da minha frente.

Os guardas começam a rir de Tiberion e o líder dos guardas diz:

— Você não pode ser chamado de bárbaro, muito menos de rei. Você é apenas um animal de estimação dessa vadia amazona — o guarda aponta para Syfa.

Tiberion dá um sorriso de canto de boca e diz:

— Tudo bem, eu não me importo.

Ele avança ferozmente em uma investida e desfere um rápido golpe com seu martelo contra os guardas. O golpe acaba quebrando parte das armaduras deles, nocauteando-os instantaneamente.

Depois disso, o grupo adentra na capital de Luctor e todos ficam paralisados ao observarem o que a cidade havia se tornado. Um grande campo de escravos, diversas pessoas, acorrentadas ao chão, muitas bem sujas e com animais lambendo suas feridas.

Estavam sendo forçadas a trabalhar. Todos ficam profundamente abalados, principalmente Syfa, que se debulhava em lágrimas, não conseguindo suportar tamanha injustiça e humilhação.

Rapidamente ela salta da carroça, já armada com sua lança, e começa a soltar todos pelo caminho. A cada golpe nas correntes, ela parecia perder parte do seu coração e de sua confiança como líder, sentindo-se cada vez mais culpada.

Anidria e Anadrai percebem que Syfa não estava bem, e então param a carroça onde elas estavam e Anadrai diz:

— Syfa, não precisa fazer isto sozinha.

E todas as amazonas vão auxiliar na libertação dos escravos. Alguns guardas da cidade tentam impedir, porém são executados instantaneamente por Syfa, sem chance de reação.

Tiberion, que estava furioso, diz:

— Vou até o castelo, confrontar Gandril, aquele traidor.

Syfa confirma com a cabeça e continua libertando os escravos. Tiberion e seus bárbaros continuam o caminho até o castelo.

Chegando à entrada do castelo, Tiberion e seus bárbaros descem da carroça e já encontram resistência, pois havia um pequeno exército fazendo a guarda da entrada do local. Tiberion também percebe que o castelo havia passado por algumas alterações desde que o vira há muitos anos. O local estava totalmente ornado de ouro, até externamente havia ouro nas paredes do castelo. Nem a moradia real, o castelo de Tiberion, tinha aquela quantidade de ouro, e, ainda mais, como forma de enfeite. "Que Démodé", pensou o rei.

Tiberion e seus bárbaros confrontam o grupo de guardas, exigindo que abram a passagem para eles. Eles zombam de Tiberion e começam a rir entre si, cerca de 20 guardas. Tiberion, impaciente, diz:

— Bem, eu não tenho tempo para isto.

Ele então ergue seu martelo, Última Lembrança, e o bate no chão. Tiberion dá um grito de fúria e adota um semblante de ferocidade e parte para cima dos guardas.

Com uma força fora do normal ele gira seu martelo em volta de seu corpo e acerta um golpe no grupo de guardas, levantando todos os 20 guardas do chão de uma só vez. O grupo é arremessado contra a parede do castelo. O golpe foi dado com tamanha força bruta que até as paredes do castelo se estremeceram quando os guardas as atingiram.

Os companheiros bárbaros de Tiberion ficam perplexos com a enorme força dele.

Logo eles entram no castelo e todos ficam sem acreditar na quantidade de ouro do local. Eram estátuas, móveis, paredes e utensílios, tudo feito de ouro maciço. Tiberion sente-se cada vez mais perplexo e decepcionado, ele sabia como Gandril havia conseguido todo aquele ouro.

Adentrando no salão de guerra do castelo, Tiberion vislumbra Gandril. Ele estava com uma armadura totalmente feita de ouro, cravejada com pedras preciosas, eram tantas pedras que refletia a luz por toda a armadura. O bárbaro, que tinha cabelos loiros e longos, de estatura um pouco menor do que a de Tiberion, estava portando o Machado Força Indomável, a arma pertencente à sua família por várias gerações.

Tiberion, que estava furioso, diz:

— Foi tudo por ouro? Todas as vidas que você destruiu? A guerra que você causou? Ouro vale tudo isto? DESGRAÇADO...

Gandril, sarcástico como sempre, diz:

— O ouro não é nada, comparado ao prazer de saber que você vai perder tudo, todos os reinos têm vergonha de você.

Gandril coloca seu elmo e adota uma postura de combate.

Tiberion, irritado, diz:

— Palavras de um traidor, logo você não poderá falar mais nada, irei lhe calar para sempre, TRAIDOR. E pensar que meu pai lhe tratava como filho — dirigindo-se aos outros: — saiam daqui... ele é meu... procurem qualquer inocente no castelo e o liberte. Se encontrar algum nobre, comerciante ou guarda de Gandril... execute-o imediatamente. Não quero que ninguém se envolva nisso, isto é assunto meu.

Gandril, em tom de zombaria, diz:

— O velho leão sem dentes? HAHAHA, ele sempre me tratou como um subordinado. Agora você, um rei que se diz um leão, e mal tem juba, virou uma mascote da sua própria inimiga...

Tiberion, enfurecido, diz:

— CALE-SE, MEU ÚNICO INIMIGO É VOCÊ!!! Não abra sua maldita boca para falar do meu pai ou da Syfa, seu MISERÁVEL.

Tiberion levanta seu martelo e parte para cima de Gandril. Gandril adota uma postura de defesa e, em um rápido movimento, Tiberion ataca a cabeça de Gandril, acertando em cheio o elmo, que se amassa.

Gandril em um contra-ataque desfere um murro no rosto de Tiberion. As pedras que ornavam a braçadeira de Gandril abrem um corte profundo na sobrancelha de Tiberion. Percebendo que seu elmo foi amassado, Gandril se afasta alguns metros e o retira. Ele joga o artefato adornado no chão e olha para o ferimento no rosto de Tiberion:

— Parece que lhe marquei, leãozinho.

Tiberion gargalha e diz:

— Ah, isto aqui? Não é nada comparado ao que vou fazer com você, pena que quase ninguém vai ver, pois Zion está faminto — o leão solta um forte rugido ao fundo.

Rapidamente, Tiberion levanta seu martelo e o arremessa em Gandril. Ele não percebe o rápido golpe. A arma lhe acerta em cheio no peito, o que acaba por lhe o nocautear. O bárbaro corrupto cai ao chão jorrando sangue, Tiberion então diz:

— Zion, atacar.

O leão, sem pestanejar, avança contra Gandril, já o abocanhando. Logo, Zion começa a devorá-lo vivo. Gandril grita de agonia, enquanto o leão o despedaça lentamente. Como forma de empatia perante os gritos agonizantes de Gandril, Tiberion o executa. E o leão continua a devorar Gandril, até sobrar apenas seu esqueleto.

Após Gandril ser completamente devorado, Syfa e as amazonas chegam ao castelo e encontram Tiberion bem abatido. Syfa vai até ele, coloca sua mão sobre seu ombro e diz:

— Lhe admiro por sua valentia, você é um grande líder, está fazendo tudo o possível para limpar nosso continente.

Internamente, Syfa se sente culpada por todo o ocorrido e se sente fraca e uma líder ruim. Ela se compara à sua mãe e pensa quais atitudes sua mãe teria tomado e que tudo aquilo não teria ocorrido.

Tiberion, entristecido, diz:

— Bem, eu percebi que o preço da lealdade vale menos do que o ouro.

Syfa seguramente diz:

— Minha mãe sempre me dizia que para cada pessoa a lealdade tem um valor... Enfim, Tiberion, interroguei algumas pessoas, eles me disseram que aqui perto existe uma série de minas, onde a maioria das pessoas está sendo mantida. Quero ir sozinha, para chegar rapidamente até o local. Assim as liberto, retornando ainda hoje.

Tiberion fica preocupado e diz:

— Não posso deixar você sair andando por aí sozinha, ainda mais sem Anidria, Anadrai e suas amazonas.

Anadrai, sem entender, diz:

— Mas, minha rainha, não é seguro, pode haver vários guardas ou até paladinos.

Syfa, determinada como sempre, diz:

— Não posso esperar mais, meu povo já sofreu bastante. E eu sou mais rápida sozinha. Além disso, eu sei me cuidar muito bem. Anidria e Anadrai, venham aqui um momento.

Internamente, Syfa se sentia fraca e envergonhada, por este motivo, ela queria avançar sozinha.

Elas vão para um local reservado, e então Syfa diz:

— Vocês trouxeram as adagas de minha mãe, certo?

Anadrai, curiosa, diz:

— Sim, Majestade, está na nossa carroça.

Syfa, séria, diz:

— Certo, vou utilizá-las. Anadrai, forje outras adagas para mim, quero ter certeza que estarei bem equipada.

Anidria, sem entender nada, utilizando sua ligação mental com Anadrai, diz:

— Ela nunca utiliza adagas, bem estranho...

Anadrai responde sua irmã mentalmente e diz:

— Bem, eu já ouvi dizer que a rainha Cerina a treinou por anos no combate com as adagas, mas também nunca a vi utilizando... vou obedecê-la.

Anadrai desembainha seu martelo de forja, recita os antigos cânticos oxiomantes. Seus olhos adotam a cor de marfim e ela carrega seu martelo por alguns segundos, até formar uma cor de bronze, e desfere fortes marteladas no chão formando vários triângulos de luz no chão. Logo as luzes se dissipam e várias adagas surgem pelo chão.

Rapidamente, Syfa pega duas cintas de couro e posiciona as adagas nelas, enchendo-as completamente. Com as cintas cheias de adagas, Syfa coloca uma em sua cintura e a outra transpassada pelas costas. Caminha até a carroça para buscar as lendárias Adagas da Fúria Sombria de sua mãe, a rainha Cerina.

Chegando à carroça, Syfa encontra as adagas, as guarda e retorna ao grupo. Tiberion discutia com os bárbaros sobre o futuro do reino de Luctor. Syfa, então, adentra no salão de guerra e informa sobre sua partida.

Anidria e Anadrai se oferecem novamente para irem com a rainha amazona, contudo, ela recusa sem pestanejar. As irmãs sísmicas ficam sem reação e então Syfa monta seu cavalo branco que estava em uma das carroças, equipada de sua armadura vulcânica, munida de sua lança guardada em suas costas e com as adagas. Syfa apenas diz:

— Logo estarei de volta, vocês fiquem aqui, aguardem a chegada dos aldeões e cuidem deles. Provavelmente haverá resistência por parte dos guardas restantes.

A rainha sai velozmente pela cidade de Cernira, em direção às minas.

Tiberion observa preocupado a partida de Syfa através de uma das janelas do castelo e, após algumas horas, ele chama Anidria, Anadrai e as outras amazonas para conversar.

Tiberion, preocupado, diz:

— Acho mais seguro vocês irem atrás dela, mesmo que ela não queira, eu queria ir também, mas tenho que resolver a questão da liderança do reino de Luctor.

Anidria, angustiada, diz:

— Eu e Anadrai podemos ir, mas não somos tão rápidas como Syfa.

No fundo, Anidria sabia que poderia superar facilmente a velocidade de Syfa, mas sua irmã, Anadrai, não, e Anidria sabia disso. Claro, a sísmica guerreira poderia partir sozinha e alcançar sua rainha, porém se recusava a deixar sua irmã sozinha. Anadrai compreendia os sentimentos da irmã, e, no fundo de sua mente, sabia que Anidria só era forte quando as duas estavam dançando.

— Mas Ângela e Lívia são duas das cavaleiras mais rápidas dos reinos amazônicos, acho que elas alcançariam facilmente Syfa — continua Anidria.

Lívia, de forma decisiva, diz:

— Também estou preocupada com a rainha Syfa, mas ela nos ordenou: devemos ficar aqui!

Ângela, determinada, diz:

— Ela nos ordenou para ficar aqui, mas... não irei ficar de braços cruzados, vou atrás dela.

Lívia pensa por alguns segundos e diz:

— Bem, não posso deixar você partir sozinha, irei com você. Acredito que a situação, de fato, pede-nos um pouco de rebeldia... todos podemos perceber a determinação de Syfa, e, sem querer passar por cima de seu julgamento, acredito que teremos que ir contra sua decisão.

Anadrai calmamente diz:

— Eu e Anidria iremos aguardar o retorno de vocês aqui no castelo, assim, podemos contribuir para reestruturação do local, e também ficaremos do lado de nossos companheiros do oeste.

Rapidamente, Tiberion chama alguns serviçais do castelo, e manda preparar dois cavalos para a partida de Ângela e Lívia. Elas vestem suas armaduras e se equipam com suas respectivas armas. Antes de sua partida, Tiberion diz:

— Ângela e Lívia, tenham cuidado, o reino de Luctor não está seguro.

Logo as amazonas partem no encalço da rainha Syfa.

A reunião para eleger o próximo líder de Luctor tem início. Tiberion convocou vários bárbaros, entre eles Astril, Kenerel, Ganner, Tellius e os bárbaros das principais famílias do reino de Luctor, que chegaram rapidamente.

Contudo, Tiberion parecia distante, ele não estava concentrado na reunião e os bárbaros das principais famílias pareciam, aos olhos do rei, verdadeiros abutres, tentando abocanhar o cargo de líder do reino. A discussão foi longa, Tiberion mal estava prestando atenção, pois estava bem preocupado com Syfa.

Cansado de toda aquela discussão, Tiberion encerra a reunião. Ele também tinha muitas desconfianças sobre os bárbaros de Luctor e quais seriam as intenções deles. Delibera, por fim, que o cargo de líder deveria ser ocupado temporariamente por Ganner e Tellius, dois jovens bárbaros, contudo, de sua confiança. Todos no salão de guerra ficam perplexos com a decisão de Tiberion, porém, sabendo do destino que tivera Gandril, não há nem um questionamento.

10° CAPÍTULO

As Adagas da Fúria Sombria

    A amazona dos cabelos vermelhos cavalga pelas estradas gélidas de Luctor com os cabelos soltos. A rainha estava tão rápida que era possível ver apenas um flash vermelho. A cada metro ela se sentia mais culpada, e então começa a se recordar de seu treinamento na infância com sua mãe.

Cerina, severa, diz:

— Muito bem, Syfa, hoje você completou 5 outonos, então iniciaremos seu treinamento com as adagas.

Cerina, era alta e bastante robusta, tinha os cabelos vermelhos e curtos. Ela os dividia em quatro partes e as amarrava. Apresentava-se com uma postura impecável, suas expressões faciais eram sempre de indiferença, como de uma típica rainha amazona. Seu olhar de indiferença era lançado sobre todos, até mesmo sobre Syfa, sua própria filha. A benevolência da jovem amazona a incomodava.

A jovem Syfa, tímida, diz:

— Certo, mãe. A pequena amazona adota uma postura de batalha.

Cerina se lança contra a garota, dando uma cotovelada no rosto de Syfa e uma rasteira, e coloca a adaga em seu pescoço:

— Primeira regra das adagas, seja mais rápida que seu inimigo.

Syfa se levanta meio tonta e Cerina sem pensar arremessa uma adaga no braço direito da jovem amazona e diz:

— Segunda regra das adagas, não espere por seu inimigo, ataque na primeira brecha.

Syfa segura no corte feito pela adaga, ele parecia bastante profundo, Cerina vai até sua filha, percebe que o corte era profundo e diz:

— Isto será bom para você se lembrar.

Ela vai até uma fogueira, esquenta uma de suas adagas e cauteriza o ferimento no braço da jovem. A pequena Syfa grita de dor.

Ao ouvir os gritos da filha, a rainha amazona, que fora criada nos costumes mais tradicionais, dá um forte tapa na cara da pequena Syfa, que não chora.

Cerina dá um leve sorriso sarcástico ao perceber que a filha não chorara e diz:

— Agora a última lição, não espere por piedade, sempre ataque com tudo que você tem.

Mesmo com a pequena Syfa cambaleando e já ferida, Cerina a ataca violentamente. Desferindo vários socos e chutes em sua filha, que acaba desmaiando. Cerina lança um olhar de indiferença sobre Syfa, e pensa, "fraca demais".

Syfa recobra seus pensamentos, pega na cicatriz deixada em seu braço direito pela sua mãe e diz em voz alta:

— Acho que seus ensinamentos serão de grande serventia, mãe, espero que você fique orgulhosa de mim um dia.

Syfa continua cavalgando rapidamente pelas estradas gélidas de Luctor. A cada metro, ela se entristece mais e apenas um pensamento toma conta da sua mente: "Como as coisas chegaram nesta situação?" As lágrimas rolavam sobre seu rosto, enquanto a Armadura Vulcânica aquecia seu corpo.

Após uma longa cavalgada, ela encontra um grupo de guardas, conduzindo uma carroça levando algumas pessoas dentro de uma enorme gaiola de ferro. Ela os analisa cuidadosamente e observa que eles estavam com armaduras prateadas, junto de escudos e maças embainhadas. Suas características batiam com as dos paladinos de Templária.

Syfa percebe que estava próxima às minas e então adentra em uma floresta. Amarra seu cavalo e se prepara para invadir o local. Ela saca suas adagas, coloca um manto sobre seu corpo e cabeça, cobrindo-se completamente.

Saindo da floresta, ela observa atentamente o grupo de paladinos, que estavam em grupo, cerca de meia dúzia. Ela se aproxima furtivamente, utilizando as árvores e arbustos para se ocultar; seu olhar havia mudado completamente. Parecia um animal predador se movimentando no meio da floresta, seus movimentos eram leves, não efetuando nem o mínimo barulho.

A rainha amazona aguarda atenta e pacientemente o melhor momento para atacar. Logo os paladinos resolvem montar uma fogueira para se aquecer e descansar. Três paladinos adentram na floresta para procurar madeira para montar a fogueira, provavelmente.

Syfa os segue, e, quando eles se abaixam para coletar madeira, vislumbram apenas um vulto marrom. Rapidamente a rainha amazona os decapita. Os golpes de Syfa foram tão rápidos e certeiros que eles foram executados sem modificar suas expressões faciais.

Logo, Syfa retorna ao grupo. O líder começa a desconfiar sobre a demora do retorno dos paladinos.

Quando Syfa percebe que as pessoas na gaiola estavam começando a sofrer por conta do frio extremo, ela entra em um estado de frenesi e avança rapidamente contra os paladinos, utilizando as adagas forjadas por Anadrai.

Ela lança diversas facas nos paladinos, acertando em diversos locais dos seus corpos, contudo, o líder do grupo consegue se desviar de alguns dos golpes.

O líder, um jovem de cabelos platinados, é atingido, mas não morre instantaneamente. Como um bom paladino, começa a conjurar uma magia de cura com sua maça.

Syfa, sem pestanejar, avança velozmente em direção a ele e dá uma ombrada, em seguida uma rasteira, que o faz desequilibrar e cair ao chão. Em um rápido movimento, corta sua garganta e o observa agonizar até a morte, orgulhosa. Ela então vasculha o corpo do líder, encontra a chave da gaiola e rapidamente a abre e liberta as pessoas.

Syfa percebe o estado daquela gente e sua alma chora. Algumas estavam praticamente congeladas e todas com bastante fome. Ela então termina de montar a fogueira para aquecer as pessoas e vai procurar alguma comida.

Ela percebe o rastro de um cervo e o segue, andando por alguns metros. Encontra dois cervos adultos, rapidamente se arma com as adagas e as arremessa nos animais. Acerta-os na cabeça.

A rainha amazona, chefe-mor de vários reinos no continente, leva a caça à fogueira. Todas as pessoas ficam impressionadas com a força daquela mulher misteriosa, e então Syfa esfola os animais e os coloca para assar.

A rainha amazona então retira seu manto, todos ficam surpresos e logo a reverenciam. Syfa fica muito incomodada e diz:

— Eu não mereço essas reverências, eu falhei como rainha...

Um homem se levanta e diz:

— Mas você nos salvou, você está cumprindo muito mais que o papel de uma rainha, é isso que importa.

Syfa tenta esboçar alguma reação, contudo, sua culpa era muito grande, ela carregava um enorme fardo em sua consciência, algo que a massacrava.

— Logo os cervos estarão prontos para comer, após se alimentarem e se recuperarem, vocês devem partir para Cernira, nós retomamos a cidade. Encontrarão ajuda lá.

De repente, um gemido é escutado por Syfa, vindo da gaiola, e ela volta seu olhar para uma pequena menina que estava tremendo e não havia saído da gaiola.

A amazona rapidamente retira a menina da gaiola e percebe que ela estava desacordada e praticamente congelada. A rainha, sem pensar duas vezes, retira sua Armadura Vulcânica, coloca na pequena garota e a carrega posicionando-a perto da fogueira.

Passando alguns segundos, a menina enche os olhos e diz:

— Que armadura quentinha — a garota abraça a armadura e se reconforta.

Syfa sorri para a menina e diz:

— Fique com ela, ela possui propriedades mágicas e se aquece sozinha, você ficará bem.

Agora Syfa estava vestindo apenas uma malha de couro e começa a sentir os efeitos do frio extremo do norte de Luctor.

A menina abraça Syfa e diz:

— Nem sei como lhe agradecer, moça... a propósito eu me chamo Anne... aceite este colar... pertencia à minha mãe, é a única coisa que tenho.

Os olhos de Syfa se enchem de lágrimas, ela tenta disfarçar e pensa como alguém que possui tão pouco ainda pode oferecer um presente a alguém. Ainda com lágrimas nos olhos, Syfa diz:

— Agradeço, Anne, mas não posso aceitar, a propósito, onde está sua mãe?

Anne, preocupada, diz:

— Minha mãe estava em uma gaiola na nossa frente, nós ficamos para trás, porque a roda da carroça em que estávamos se soltou e tivemos que parar, e a outra carroça continuou e eles levaram minha mãe.

Syfa fica preocupada e diz em voz alta para todo o grupo:

— Vocês devem partir imediatamente, tenho que avançar.

Anne vai até a amazona e diz:

— Eu quero ir com você, quero minha mãe — a pequena menina olha fixamente a Rainha Syfa nos olhos, implorando para ir.

Syfa, firme, diz:

— Anne, uma batalha não é local para uma criança, você deve ir com os outros.

Syfa se vira, coloca seu manto e segue furtivamente em direção às minas. Ela utiliza arbustos e a floresta para avançar rapidamente.

Chegando, aproxima-se da entrada das minas.

A amazona decide subir em uma árvore para observar melhor o local e observa que o lugar só possui uma abertura, que é utilizada para entrar e sair. Acredita que a abertura era utilizada para retirar os minérios e que, portanto, deveria existir diversas pessoas escravizadas, visto que existia uma enorme quantidade de pedras preciosas e ouro sendo retirados das minas.

Ela também observa que existiam numerosos paladinos realizando a guarda do local. "Uma abordagem direta é impossível, terei que aniquilar esses homens silenciosamente", pensou.

A rainha amazona utiliza os galhos das árvores para se aproximar da entrada das minas. Ela salta levemente entre os galhos, seu corpo se move com tanta maestria e graça que quase não emite barulho, tornando imperceptível sua movimentação.

Chegando abaixo do grupo de paladinos, ela se equipa com as pequenas adagas forjadas por Anadrai, conseguindo carregar dez adagas em cada mão. Ela pega impulso em um galho e se lança no grupo em alta velocidade.

Chegando próxima ao grupo, arremessa as adagas para todos os lados. Acerta vários inimigos na cabeça, executando-os instantaneamente. Contudo, alguns paladinos não foram executados, eles rapidamente desembainharam as maças e escudos e se curaram dos ferimentos causados pela rainha amazona.

O grupo de paladinos restantes se organiza para atacar Syfa, que estava se recuperando da queda. A amazona retira sua lança e ataca os inimigos.

Ela velozmente desfere vários golpes em pontos vitais, acertando na cabeça ou no coração deles. Os paladinos, mesmo com escudos, não conseguem se defender dos ataques. Incapazes de acompanhar a maestria da rainha amazona, os homens são derrotados em questão de segundos.

A amazona olha ao seu redor e encontra uma carroça com uma enorme gaiola em cima, conforme descrito por Anne. Contudo, a gaiola estava vazia.

Algumas pessoas escravizadas percebem que todos os paladinos que estavam fazendo a guarda da entrada das minas foram executados. Eles, assim, correm até Syfa e a ovacionam.

Syfa não expressa nenhuma reação e diz:

— Alguém de vocês tem uma pequena filha chamada Anne?

Todas as pessoas negam com a cabeça.

Syfa fica preocupada e diz:

— Não percam tempo, nós retomamos a capital, a cidade de Cernira, corram para lá, vocês encontrarão ajuda.

Ela observa que as pessoas estavam exaustas e com vários ferimentos pelo corpo, contudo, a maioria segue eufórica para Cernira, felizes pela liberdade dada por aquela habilidosa amazona.

— Por que vocês não seguiram o caminho para Cernira? — pergunta Syfa aos restantes.

Um jovem que se apresentava muito exausto e com as vestes rasgadas diz:

— Ainda existem várias pessoas dentro das minas, não iremos partir sem nossos entes queridos.

Syfa, apreensiva, diz:

— Mas... Vocês devem encontrar um local seguro...

A rainha amazona é interrompida por gritos vindo de dentro das minas. Ela decide entrar nas cavernas, rapidamente ela se equipa com as Adagas da Fúria Sombria e adentra nas minas cautelosamente.

Entrando nas minas, ela percebe que deverá ter extremo cuidado, visto que o local é bastante fechado, impossibilitando emboscadas.

Ela percorre vários corredores e durante sua trajetória encontra diversas pessoas acorrentadas. Conforme vai avançando, liberta as pessoas, que seguem para a saída das minas.

Em um determinado ponto, ela segue por um corredor e encontra uma enorme galeria, e esta possui diversas pessoas acorrentadas, dois bárbaros e dois paladinos forçando as pessoas a trabalhar.

Sem pestanejar, Syfa se aproxima dos paladinos e os ataca pelas costas, executando cortes em seus pescoços. Um dos paladinos emite um grito e os bárbaros percebem a presença da amazona, então eles avançam em direção a ela.

Como seus golpes foram profundos, as adagas dela ficam presas nos pescoços dos paladinos. Enquanto Syfa estava tentando retirar suas adagas, um bárbaro se aproxima e a puxa pelos cabelos a arrastando pelo chão:

— Mate esta meretriz desgraçada.

Em um momento de desespero, ela se debate no chão tentando se soltar. Com a força que o bárbaro a puxou, as adagas acabam se soltando dos corpos dos paladinos. Ela tenta cortar a mão do bárbaro a puxando, contudo, o outro bárbaro avança para executá-la.

Em um pensamento rápido, Syfa corta seu próprio cabelo, se soltando, e velozmente corta a garganta do bárbaro à sua frente. Este cai sobre ela, ensanguentando-a. Ainda no chão ela percebe que o bárbaro que a arrastou estava tentando fugir.

Celeremente ela arremessa uma de suas adagas o acertando nas costas. O homem cai no chão e no chão continua tentando fugir arrastando-se. Ela empurra o corpo para o lado e se aproxima do bárbaro, retira a adaga de suas costas e o decapita.

As pessoas presas observam tudo e ficam muito apreensivas. Mesmo exausta, Syfa solta todos e diz:

— Alguém de vocês tem uma filha chamada Anne?

Antes das pessoas responderem, Syfa escuta barulho de passos vindos da entrada, indo em direção ao local.

A rainha amazona observa cautelosamente, cada vez mais os passos pareciam próximos. Em um determinado ponto, Syfa já estava pronta para atacar, contudo, ao observar a silhueta se aproximando, a rainha percebe que era uma criança. Surge Anne à sua frente, trajando a Armadura Vulcânica.

Syfa fica perplexa com a visão da garota e, principalmente, com sua coragem.

— ANNE? POR QUE VOCÊ ESTÁ AQUI?

A amazona observa os olhos da pequena garota, que estavam cheios de lágrimas.

— Não quero ficar sem minha mãe, eu não estou a encontrando.

Syfa tenta se acalmar e diz:

— Anne, eu vou resgatar sua mãe, acompanhe estas pessoas até a saída das minas.

Syfa se vira para as pessoas e faz um pedido:

— Vocês, cuidem dela até eu chegar.

As pessoas já libertas fazem um gesto com a cabeça de confirmação. A pequena menina não responde a amazona e continua chorando. Em seguida, um grito feminino de desespero ecoa por todo o local. Ouvindo o grito, Anne se desespera e diz:

— Mamãe, é você?

A menina, em uma atitude impulsiva, avança sozinha correndo desesperada, Syfa tenta segurar a menina, mas ela estava exausta e a garota foi bem rápida, assim consegue seguir sozinha.

A amazona tenta acompanhar a menina, contudo, não estava conseguindo se mover velozmente. Em um determinado momento, Syfa não consegue mais enxergar a silhueta da garota na sua frente; ela se desespera e tenta andar mais rápido se esforçando ao máximo.

Após percorrer uma série de corredores, a amazona se aproxima de uma pequena galeria, parecia ser a parte mais funda das minas. Olhando para sua frente, Syfa identifica a Armadura Vulcânica.

A garota parecia estar ajoelhada imóvel e com a cabeça para baixo, então ela começa a ouvir uma gargalhada sádica. Ao se aproximar da menina, a rainha amazona percebe que ela não estava mais viva e havia sido decapitada, e sua cabeça estava nas mãos de um paladino, e este gargalhava descontroladamente. Syfa desvia o olhar para o lado e percebe o corpo de uma mulher totalmente mutilado.

A cena é muito impactante para a amazona, ela se ajoelha ao lado do corpo de Anne e grita em desespero. Observando o sofrimento da rainha, o paladino se diverte ainda mais e diz:

— Agora é a sua vez de se juntar a suas amiguinhas, mas com você eu irei me divertir ainda mais.

O paladino começa a retirar suas roupas e se aproxima de Syfa, chegando ao seu lado totalmente nu.

Ficando ao lado da amazona, ele começa a acariciar seu rosto. Syfa continua gritando em desespero. Em determinado ponto, Syfa recobra sua consciência e fica em silêncio.

Em um rápido golpe com as adagas, ela remove completamente a masculinidade do paladino. Ela se levanta, pega o órgão do paladino no chão e arremessa em uma fogueira que estava localizada ao lado deles.

O paladino se afasta da amazona e entra em desespero observando seu pênis virar cinzas. A amazona observa que a ferida dele está sangrando muito, então ela aquece uma de suas adagas e cauteriza a ferida. Por conta da dor, o homem defeca em desespero.

O paladino não entende o motivo pelo qual Syfa o está mantendo vivo. A amazona se vira para o homem e diz:

— Eu quero informações.

O homem, atormentado, diz:

— Eu nunca lhe direi nada, meretriz imunda.

Syfa, impaciente, diz:

— Não?

Syfa se vira e desfere um golpe na mão direita do paladino, decepando-a.

Ele se debate agonizando no chão. A rainha amazona está indiferente.

— Vou lhe explicar como isto irá funcionar, toda vez que eu lhe fizer uma pergunta e você não me responder, irei decepar algo do seu corpo, até não sobrar nada. Mas, caso você resolva abrir a boca para dizer algo útil e eu consiga todas as informações que eu quero, lhe darei uma morte rápida. Tudo depende de você.

A amazona esquenta novamente uma das adagas e cauteriza a ferida do braço direito do paladino.

— Vamos começar. Qual seu nome e seu cargo?

O paladino se vira e permanece silencioso, Syfa então pega uma de suas adagas e espeta o braço direito do homem, na região que foi cauterizada. Ele se debate no chão, grita de dor e diz:

— A... Aaa... Adrian, eu sou um dos inquisidores do exército de Teee...Templária.

Adrian começa a ficar inconsciente, Syfa rapidamente vai até ele e desfere vários tapas e socos em seu rosto.

Syfa, indiferente, diz:

— Não acabou! Você segue as ordens de quem? Por que você está aqui?!

Adrian se enfurece e diz:

— Não vou lhe dizer mais nada, vadia amazona.

Sem pensar, Syfa decepa o braço esquerdo do paladino e o arrasta até a fogueira, queimando a lateral do seu rosto. Ele começa a tremer e a vomitar sangue.

E, mesmo vomitando sangue, ele sussurra:

— Phar...rrr..nion, A fúria da Luz. O príncipe de Templária, ele me repassa as ordens. Eu estava responsável por este local.

Syfa fica calada por alguns segundos e diz:

— E onde eu o encontro?

Adrian não responde, parece estar determinado a não dizer, e então a amazona se aproxima dele. Ele tenta se afastar rastejando-se, mas acaba gritando:

— NÃÃÃO, POR FAVOR, AO NORTE, ELE ESTÁ EM UM GRANDE ACAMPAMENTO AO NORTE, SEGUINDO UMA ESTRADA QUE PASSA POR TRÁS DAS MINAS.

O paladino parecia ter utilizado todas as suas forças, visto que ele estava deitado, meio inconsciente.

A rainha Syfa, se vira para ir embora, contudo, observa o corpo de Anne no chão e entra em um estado sombrio e de fúria. A amazona procura um pedaço de madeira e uma corda. Utilizando a corda, ela amarra Adrian na madeira e o coloca na fogueira, para assar lentamente, como uma carne de caça.

Ele então recobra a consciência e berra:

— NÓS TÍNHAMOS UM TRATO, SUA VADIA.

Syfa, indiferente, diz:

— Você está certo, nós tínhamos um acordo. Eu mudei de ideia.

Syfa procura um tecido e enrola o corpo e a cabeça de Anne, pega o pequeno corpo nos braços e parte em direção à saída das minas.

Adrian começa a gargalhar alucinadamente, e grita:

— A LUZ IRÁ LHE ENCONTRAR, ELA ACABARÁ COM VOCÊ, LHE DOU MINHA PALAVRA, HAHAHAHA...

Syfa, chorando sobre o corpo de Anne, diz:

— Você não conhece a luz, suas palavras não são nada.

A amazona caminha lamentando e chorando pelas minas, suas lágrimas encharcam o tecido onde Anne estava enrolada.

Chegando na saída das minas, Syfa caminha até a base de uma colina e enterra Anne. Chorando desconsoladamente e em um momento de lucidez, ela lembra daquela mulher morta nos fundos da caverna. Ela então retorna até o local, enrola o corpo da mulher em um pedaço de tecido.

Retorna até a base da colina e a enterra ao lado de Anne, e diz:

— Agora, Anne, você não vai ficar longe da sua mãe...

11º CAPÍTULO

A Maçã da Luz Resplandecente

A rainha amazona passa horas chorando sobre o túmulo da pequena menina. Porém, um desejo de vingança toma conta de sua mente, ela se levanta, tira sua lança e deixa sobre o túmulo de Anne — abandonando assim o legado de suas ancestrais e se tornando apenas uma assassina em busca de vingança.

Ela decide deixar um bilhete explicando tudo:

PARTI PARA O NORTE PARA PÔR UM PONTO FINAL.

SYFA

Syfa coloca o bilhete abaixo de sua lança e retorna ao local onde deixou seu cavalo. Ela parte em direção ao assentamento do inimigo, seguindo para o extremo norte de Luctor.

A rainha cavalga em alta velocidade e após algum tempo seu cavalo começa a mostrar sinais de exaustão. Além disso, por conta da baixa temperatura, o cavalo não estava conseguindo respirar direito. Contudo, Syfa não parecia estar incomodada com o frio, sua expressão facial mostrava que ela estava tomada pelo desejo de vingança.

Após cavalgar por horas, a rainha amazona chega a um desfiladeiro, seu cavalo estava bastante exausto, então ela decide subir a montanha a pé. Ela desce do cavalo e o solta, em sua mente ela pensa:

— Será um caminho sem volta.

Syfa inicia a subida. Ela decide subir a montanha mais alta. Ela caminha movida por sua fé na vingança, não se importando com nada. Passando uma hora após o início de sua caminhada, o crepúsculo já havia tomado conta do céu, seu corpo já mostrava sinais de exaustão, contudo, a rainha seguia subindo.

A cada passo, o frio extremo só aumentava. Em um determinado momento, Syfa percebe que não conseguia mexer a ponta de seus dedos e seus braços e pernas começaram a mostrar sinais de congelamento.

Então ela resolve fazer uma fogueira para se aquecer. Percebendo que próximo a ela existiam algumas árvores, ela vai até o local, na esperança de encontrar uma árvore caída para que pudesse montar uma fogueira.

Olhando no horizonte, Syfa percebe que estava próxima ao mar, chegando nas árvores. Ela encontra algumas árvores caídas e, ao olhar para a base do desfiladeiro, ela encontra um grande assentamento. Ela analisa as características do lugar e constata ser o local descrito por Adrien.

A amazona decide arrastar as árvores caídas para um local onde não fosse possível identificar. Levando as árvores para uma pequena caverna, ela monta uma fogueira para se aquecer.

Ao terminar de montar, um rugido ecoa por toda a caverna. A rainha fica apreensiva e se levanta para observar os fundos da caverna. Em alguns segundos um grande urso aparece e novamente emite outro rugido.

Percebendo a presença de Syfa, o animal avança para atacá-la. A amazona rapidamente pega suas adagas e se desvia do ataque do animal, contudo, o urso dá uma patada e acerta em cheio a perna direita de Syfa, causando um ferimento profundo, fazendo-a perder muito sangue.

A rainha se arrasta pelo chão da caverna, criando um rastro de sangue. O urso a segue e prepara um ataque.

Com dificuldade, Syfa, consegue se levantar e aguarda o movimento do animal. Quando ele a ataca, ela desfere um ataque e crava suas adagas nas costas do urso.

Em um rápido reflexo, tenta se soltar. Ele impulsiona o corpo da amazona para cima, ela fica em pé nas costas dele e, sem pensar, ela desfere vários golpes na cabeça do animal, abatendo-o.

Vendo o ferimento em sua perna, ela decide cauterizar para parar o sangramento. Esquenta uma de suas adagas na fogueira e coloca sobre o ferimento, que se fecha com a alta temperatura do ferro. Porém, como ela tinha perdido muito sangue, começa a se sentir tonta e tenta se manter acordada. Contudo, acaba desmaiando.

Passando-se um dia e meio, Syfa desperta. Percebe que passou bastante tempo desacordada, visto que o dia já havia alvorecido. Ela ainda parece estar tonta, mesmo assim se recompõe e levanta. Decide invadir o acampamento dos paladinos.

A rainha amazona caminha cuidadosamente pela montanha, descendo até a base do desfiladeiro, e então chega bem próximo do acampamento. Ela se esconde em uma pequena floresta para procurar a melhor maneira de invadir o local furtivamente e executar Pharnion. Ela passa horas observando as movimentações no acampamento e aguarda o crepúsculo.

Com a chegada do crepúsculo, Syfa percebeu que a movimentação no acampamento havia reduzido. Assim, amazona decide adentrar no acampamento. Ela caminha lentamente e agachada, tentando se misturar ao ambiente e dificultando sua detecção.

Ela caminha até a parte lateral do local e salta sobre a cerca, assim adentrando no acampamento. Ela caminha por alguns metros e percebe que existiam vários paladinos realizando a guarda do local. Ela tenta se mesclar em meio às pessoas e começa a procurar a tenda de Pharnion.

Ela começa a olhar tenda por tenda do acampamento. Alguns guardas perceberam a movimentação estranha da amazona. E então um paladino diz:

— O que você está procurando? Identifique-se imediatamente.

Syfa ignora o guarda e acelera seu passo. O guarda percebe a tentativa de fuga da rainha e a persegue. Ela se esconde atrás de uma tenda e aguarda o paladino passar. Quando o homem passa próximo a ela, a amazona ressurge das sombras, corta o pescoço do guarda e tampa sua boca para evitar barulhos desnecessários. Ela oculta o corpo em uma tenda vazia e continua sua busca pelo líder paladino.

Continuando sua busca, ela encontra uma tenda cheia de jovens mulheres, todas estavam bastante machucadas, algumas até inconscientes. Impaciente, a amazona questiona:

— Onde encontro Pharnion?

Uma jovem, que estava cuidando de outra que estava desacordada, responde:

— O aposento daquele monstro fica no centro deste acampamento e possui um estandarte com um corvo — a jovem se levanta e aponta a direção da tenda para Syfa.

Syfa, direta, diz:

— Vocês são de Olimpus?

A jovem, cansada, diz:

— Não, somos camponesas de Templária, fomos trazidas à força para este local, para sermos concubinas...

O sangue amazônico de Syfa ferve e então ela diz:

— Eu irei colocar um fim no sofrimento de vocês, lhes dou minha palavra.

A jovem se coloca de joelhos e diz:

— Me execute e as outras também, queremos a paz da morte, apenas assim será o fim do nosso sofrimento...

Após a jovem dizer isto, todas as jovens se colocam de joelhos.

Os olhos da rainha se enchem de lágrimas, contudo, ela não esboça nenhuma reação e continua até a tenda de Pharnion.

Chegando próximo à tenda, a amazona percebe todas as características descritas pela jovem e também percebe a movimentação dos guardas.

A tenda era muito vigiada, adentrar furtivamente seria bastante difícil. Ela decide aguardar em uma tenda próxima ao local o melhor momento para atacar. Contudo, ao entrar na tenda, ela percebe vários guardas repousando em camas improvisadas. A amazona então executa todos os paladinos, contando suas gargantas, depois de tampar suas bocas.

A amazona continua observando a entrada da tenda de Pharnion por alguns minutos, até que dois guardas entram correndo e uma mulher com roupas nobres sai correndo da tenda acompanhada pela maioria dos paladinos, ficando apenas dois guardas na entrada da tenda.

A rainha percebe que esta será sua chance de executar Pharnion. Sorrateiramente, caminha até a entrada da tenda e arremessa suas adagas nas cabeças dos guardas, executando-os instantaneamente. Ela adentra na tenda e encontra Pharnion de costas analisando uma espécie de mapa em uma mesa.

O analisa por algum tempo e percebe que suas características físicas são bem parecidas com as de Tiberion. O que não lhe fazia diferença nenhuma: sem pensar ela avança como um animal em fúria e desfere diversos golpes de adaga na cabeça e costas dele, sem chance de reação, ele cai ao chão e ela corta sua garganta. Em um misto de sentimentos, a rainha amazona dá um grito, se ajoelha e chora desesperadamente.

Ouvindo o grito da rainha amazona, a misteriosa mulher com roupas nobres retorna para a tenda com os guardas e encontram Syfa no chão sem reação. A mulher nobre levanta uma maça e desfere um golpe na cabeça da amazona, e ela desmaia.

Olhando para frente, a mulher percebe que Pharnion estava agonizando, ela conjura uma habilidade com sua maça e esta começa a emitir uma luz bastante forte, e em segundos ela cura todos os ferimentos do líder paladino.

Pharnion, meio tonto, diz:

— Mãe, o que aconteceu?

Mulher nobre enraivecida diz:

— Esta vadia amazona lhe atacou pelas costas.

A nobre mulher parece preocupada e diz:

— Guardas, vasculhem a área, acho que ela não está sozinha.

Os guardas, sem pestanejar, respondem:

— Certo, Lady Aldanie.

Aldanie analisa as adagas de Syfa e diz:

— Estas adagas... Mas onde está a lança? Estas armas pertencem àquela rainha vadia Cerina...

Aldanie pensa por alguns segundos, analisa os traços do rosto de Syfa e diz:

— Ora... ora... estamos diante da atual rainha amazona, esta deve ser a descendente de Cerina. Guardas, rápido, prendam-na imediatamente.

Os guardas levantam o corpo desfalecido de Syfa e o amarram em uma espécie de tronco. Passando-se algum tempo, os paladinos que foram realizar a patrulha retornam e um deles diz:

— Lady Aldanie, não encontramos outros invasores, encontramos apenas vários corpos de paladinos executados.

Aldanie, surpresa, diz:

— Entendo... avisem a todos no assentamento que fomos atacados e peçam para irem aos seus pontos de vigia.

Aldanie pensa: "esta amazona é bem valente, invadir um território inimigo sozinha".

Pharnion fica encantado por Syfa. Ele se aproxima dela e começa a tocar seus cabelos. Syfa desperta e morde a mão de Pharnion, arrancando um pedaço de sua carne. Ele desfere um tapa no rosto da amazona e diz:

— Você é bem feroz. Pode não parecer, mas eu gosto de mulheres assim.

Syfa encara Pharnion como um animal furioso

Aldanie, mediando, diz:

— Acalme-se querida... Pharnion, deixe que eu converso com ela.

Syfa permanece em silêncio, apenas com seu olhar de fúria.

Aldanie levanta as adagas de Syfa e diz:

— Eu conheci a dona destas adagas, a amazona Cerina, mas eu me pergunto... onde está a lança? Você deve ser a filha daquela vadia... Estou errada?

Syfa ignora completamente Aldanie e continua em silêncio.

Aldanie começa a ficar impaciente e diz:

— Você não vai me responder? Eu tenho muitos métodos para retirar as palavras de você...

Aldanie se vira, caminha até um baú, o abre e exibe diversos instrumentos de tortura para a amazona.

A paladina pega um punhal de ouro, com a lâmina fina como uma folha, se aproxima de Syfa e diz:

— Quando eu estiver terminado, seu espírito estará quebrado e você será submissa.

Equipada com o punhal, Aldanie faz vários cortes pequenos no braço esquerdo da amazona. Syfa continua serena e não esboça reação. Aldanie diz:

— Você é durona, mas vamos dar um jeito nisto.

A paladina, retira do baú uma parte de luvas de metal, seu interior era repleto de lâminas afiadas. Ela coloca as luvas nas mãos de Syfa, que instantaneamente começam a escorrer sangue.

A rainha amazona, indiferente, diz:

— Estas dores físicas não são nada comparadas ao que sinto por dentro... vocês são monstros... tiraram a liberdade de pessoas inocentes... destruíram vidas por diversão...

Pharnion, impaciente, diz:

— Deixe-me tentar, mãe, quero me divertir também.

O Paladino vai até o baú e começa a escolher qual instrumento irá utilizar na amazona.

Aldanie caminha até Pharnion, o empurra e desfere um golpe em seu rosto e diz:

— Pare de falar idiotices, não podemos machucá-la demais, lembre-se do plano do seu tio, se ela for realmente a rainha amazona, você precisa se casar com ela, para unificar o continente...

Syfa fica desesperada e entende o motivo de não a terem matado.

Aldanie, enraivecida, diz:

— Faça algo de útil, traga aquelas meninas de Templária e alguns escravos para mim.

Pharnion sai da tenda e chama alguns guardas para o ajudar.

A paladina caminha até Syfa, pega em seu rosto e diz:

— Que tolinha, já que você se importa tanto com esses lixos, já sei como lhe atingir.

Passando alguns minutos, Pharnion retorna com as garotas sequestradas e com algumas pessoas escravizadas, apenas com mulheres, idosos e crianças. Vislumbrando todas estas pessoas, Syfa começa a ficar agitada, tentando soltar-se.

Aldanie, se divertindo, diz em tom de deboche:

— Olha só, ela está bem preocupada. Vamos começar, Pharnion, traga uma dessas garotas para frente dela e divirta-se.

Pharnion puxa uma das garotas sequestradas pelos cabelos e a joga no chão. Rasga suas roupas e, com uma garra de metal, ele começa a espremer os seios da jovem. A garota grita desesperadamente e se contorce no chão.

Syfa tenta desviar seu olhar, contudo, Aldanie vai para trás da amazona, segura seu rosto, mantém seus olhos abertos com os dedos e diz:

— Veja, você é a causa de todo o sofrimento dela.

A garota se debatia no chão, implorando pela morte, contudo, a tortura continua e Pharnion se diverte com o lamento da garota.

Syfa, atormentada, grita:

— VOCÊS NÃO TÊM DIREITO DE FAZER ISTO... EU VOU MATAR VOCÊ E SEU FILHO BASTARDO.

Ouvindo as palavras da amazona, Pharnion fica descontrolado e enraivecido e executa a garota que estava sendo torturada com as mãos. As pessoas observam tudo e começam a chorar.

Desorientado, Pharnion desfere vários golpes no rosto e no corpo de Syfa. Aldanie coloca a mão em seu ombro e diz:

— Não se descontrole, meu filho, mantenha seu foco.

Um guarda interrompe Aldanie e diz:

— Desculpe pela interrupção, Lady Aldanie, mas encontramos estas duas no nosso acampamento, elas mataram vários guardas da entrada sul, mas conseguimos pará-las — os guardas haviam prendido Ângela e Lívia.

Syfa não acredita que suas amigas foram presas e berra:

— SOLTEM-NAS, EU CONTO TUDO QUE VOCÊS QUISEREM.

A rainha amazona começa a se debater freneticamente, tentando se soltar, mas não tem sucesso.

Aldanie, bastante contente, diz:

— Guardas, levem estes lixos daqui e deixem estas duas aqui comigo.

Os guardas prendem Ângela e Lívia em correntes e as posicionam na frente de Syfa, e levam as garotas sequestradas e as pessoas escravizadas embora.

Ângela, entristecida, diz:

— Nos perdoe...

— Eu que devo pedir perdão para vocês.

Aldanie, sarcástica, diz:

— Que comovente esta reunião.

Lívia continua em silêncio, ela está tentando soltar-se das correntes. Encontra um pedaço de metal no chão e o utiliza como uma gazua, tentando abrir o cadeado das correntes.

Ela tenta por várias vezes, o pedaço de metal começa a se entortar, e, após inúmeras tentativas, ela consegue abrir o cadeado. Em um rápido movimento, ela rola pelo chão e pega as adagas de Syfa e tenta atacar Pharnion. Ele percebe o movimento da amazona e desfere um golpe de espada em seu peito. Ela cai no chão sangrando e tentando reagir, mas o paladino a executa.

Syfa e Ângela gritam:

— NÃÃÃÃÃÃÃÃÃÃÃÃÃÃOO.

Aldanie observa a morte de Lívia e diz:

— Uma pena que não brincamos o suficiente.

Ângela se levanta e tenta se soltar das correntes, mas não obtém sucesso.

A paladina se aproxima de Ângela e diz:

— Tanta força, acho que vamos nos divertir muito.

Aldanie coloca as luvas nas mãos de Ângela e a amazona grita de dor.

Syfa, desolada, diz:

— Meu nome é Syfa, *Rainha das Quatro Coroas*.

Aldanie, animada, diz:

— Viu? Não foi tão difícil.

Aldanie caminha até o baú com os instrumentos de tortura e guarda as luvas.

Syfa, exigindo, diz:

— Agora soltem-na, vocês não precisam dela, deixem-na ir.

Pharnion, pensativo, diz:

— Podemos soltá-la, mãe?

Aldanie pensa por algum tempo, caminha pela tenda e, sarcástica, diz:

— Realmente não precisamos dela...

A paladina, alta e de cabelos claros, pega a espada das mãos de Pharnion e decepa a cabeça de Ângela.

A rainha amazona observa a morte de Ângela e sente a descrença tomar conta de todo seu ser...

12.º CAPÍTULO

O Cálice Abandonado Carmesim

Passando alguns dias depois da partida de Syfa e das amazonas, o crepúsculo toma conta do céu. Tiberion, que já estava angustiado, teme o pior, visto que várias pessoas começam a chegar à cidade de Cernira e ele não encontra as amazonas.

O rei bárbaro estava caminhando de um lado para o outro, questionando pessoa por pessoa, tentando encontrar alguma pista sobre o paradeiro de Syfa e das amazonas. Em um determinado momento, Tiberion se encontra com um jovem bastante machucado e diz:

— Onde você estava sendo mantido?

O jovem estava bastante fraco, contudo, diz:

— Eu e os outros que viajaram comigo, estávamos trabalhando nas minas, por meses...

Tiberion, angustiado, se aproxima do jovem, o levanta do chão e diz:

— Como vocês conseguiram sair das minas? Quem libertou vocês?

O jovem fica assustado com a reação de Tiberion e diz:

— Uma mulher, uma amazona de cabelos vermelhos, nos soltou, ela lutou sozinha contra os guardas...

Tiberion coloca o jovem no chão, começa a sorrir, seus olhos se enchem de esperança de que Syfa esteja segura, e diz:

— Me diga quando foi a última vez que você viu esta amazona...

O jovem pensa por algum tempo e responde:

— Foi tudo bem rápido, uma garotinha surgiu procurando sua mãe e adentrou nas profundezas das minas, e a amazona foi atrás dela... Foi aí que nós fugimos daquele lugar...

O rei bárbaro se cansa de aguardar e reúne seus bárbaros de confiança, Astril e Kenerel e as sísmicas Anidria e Anadrai.

Tiberion, impaciente, inicia a reunião e diz:

— Como vocês sabem, Syfa e suas generais ainda não retornaram... com todas estas ameaças, estou preocupado com elas, devemos fazer alguma coisa... elas estão em território inimigo e nem sabemos qual é o real tamanho dessa ameaça...

Anadrai, cansada de esperar, diz:

— Nós já cuidamos dos aldeões que chegaram, podemos partir imediatamente.

Todos concordam e se iniciam os preparativos para partir.

Após algum tempo, o grupo parte em direção ao norte do reino de Luctor, seguindo o caminho para as minas. O leão mágico Zion corre ao lado do Rei bárbaro. O grupo cavalga por horas, determinados a chegarem às minas o mais rápido possível.

Após horas na estrada, eles chegam próximos às minas. Todos descem dos cavalos e procuram nos arredores a fim de encontrar alguma pista do paradeiro das amazonas. O rei bárbaro decide entrar nas minas acompanhado pelo leão Zion, Astril e Kenerel procuram nos bosques, Anidria e Anadrai buscam nos arredores.

As gêmeas caminham até a base de uma colina e encontram dois túmulos. Ao aproximarem-se, elas encontram a lança Céu-Rompente e o bilhete de Syfa, informando sobre sua investida. As irmãs ficam em choque, visto que a atitude de Syfa foi bastante impulsiva.

Elas retornam até entrada das minas com a lança e o bilhete em mãos e chamam por Tiberion. Ouvindo o chamado das sísmicas, o Rei bárbaro retorna para a entrada o mais rápido possível.

Tiberion, preocupado, diz:

— Vocês encontraram alguma pista sobre o paradeiro delas? Esta é a lança dela? Mas cadê ela? Não me digam que ela... — o rei bárbaro teme que Syfa esteja morta.

Anidria, tentando acalmar, diz:

— Ela deixou um bilhete, dizendo que avançou para o território inimigo.

Tiberion se desespera e diz:

— Pelos Deuses, ela poderia ter voltado e chamado reforços... No que ela estava pensando?

Anadrai, ponderando, diz:

— Acalme-se, Tiberion, Syfa sabe muito bem se defender, acredito que ela esteja com tudo sob controle.

Tiberion, desesperado, berra:

— ASTRIL, KENEREL, RETORNEM IMEDIATAMENTE.

Os bárbaros retornam velozmente para a entrada da caverna e Tiberion explica toda a situação. Logo todos partem em direção ao norte para encontrarem as amazonas. O grupo cavalga vertiginosamente por horas em direção ao norte, até encontrarem um desfiladeiro. Eles decidem contornar o local e então encontram o grande acampamento dos paladinos. Se separaram para encontrarem alguma pista do paradeiro das amazonas.

Neste mesmo ínterim, Tiberion percebe o avanço de dois paladinos carregando alguns corpos para fora do acampamento. Preocupado, ele avança em direção aos homens. Aproximando-se, o rei bárbaro fica em choque com a cena que vislumbra, eram os corpos de Ângela e Lívia.

Ele teme pela vida de Syfa. E, em um ato de fúria, levanta seu martelo e esmaga os paladinos. Desferiu tantos golpes nos homens, em tão pouco tempo, que, para quem contemplou a cena, imaginou que seu martelo não era realmente pesado.

As gêmeas Anidria e Anadrai se aproximaram de Tiberion e não acreditaram no que seus olhos viam. Automaticamente, os olhos das irmãs se encheram de vingança e Anadrai automaticamente desembainha seu martelo de forja e inicia um encantamento sísmico.

Contudo, o rei bárbaro, que já estava fora de si, pegou os restos mortais dos paladinos e disse:

— Vocês me esperem aqui, e cuidem de Zion... estes monstros irão pagar, preciso de todos os cavalos.

Anidria, sem entender, diz:

— Mas... mas... precisamos adentrar no território inimigo imediatamente... e precisamos dos cavalos para realizar a viagem de volta...

Tiberion a ignora e diz:

— Sei que não sou o rei de vocês, mas façam o que estou dizendo, vamos resgatar Syfa.

O Rei bárbaro caminha até um pequeno bosque, se afastando do grupo e, de uma bolsa em que estavam seus pertences, ele retira um cálice de ouro que parecia sagrado e muito antigo. O bárbaro contempla o objeto e pensa:

— Nunca pensei que precisaria recorrer a isso, mas a situação é crítica... não tenho outra saída.

Tiberion posiciona o cálice no chão, tira um pequeno punhal de sua bolsa e sacrifica os cinco cavalos que eles utilizaram na viagem. Em seguida, ele posiciona os corpos dos animais formando uma espécie de círculo em volta do cálice.

Feito isto, o rei bárbaro se posiciona na frente do cálice e com o punhal ele realiza cortes em suas mãos, fazendo escorrer bastante sangue. Ele deposita seu sangue no cálice até enchê-lo.

Kenerel não obedece às ordens e segue o rei bárbaro, e, percebendo o que Tiberion estava fazendo, ele grita:

— NÃÃO, NÃO SEJA IRRESPONSÁVEL, LEMBRE-SE DO PREÇO QUE SEU PAI PAGOU... Vamos reunir nossas tropas que estão em Luctor e atacamos o acampamento inimigo.

Tiberion não se importa com as falas do bárbaro e diz:

— Graças a Gandril, não temos tropas leais em Luctor, não se lembra? Apenas se junte ao resto do grupo, e aguarde minhas ordens.

Mesmo descontente e bastante preocupado, Kenerel se vira e retorna até o grupo.

O rei bárbaro começa a recitar um feitiço em uma língua antiga e, ao terminar, um vento sombrio começa a soprar por todo o lugar, formando um vórtex de escuridão que toma conta do local... o vento começa a se juntar, solidificando-se e formando a silhueta de uma enorme criatura voadora... passando alguns segundos, a forma toma vida, surgindo uma mariposa nos céus. Ela era enorme, possuía asas escuras como a noite, que ao brandir controlava os ventos à sua volta...

A enorme criatura pairava nos céus e parecia estar aguardando algum comando. Tiberion levanta o cálice contendo seu sangue e a mariposa se aproxima. Assim, o rei bárbaro posiciona o objeto próximo ao animal. O ser abre uma espécie de boca e começa a tomar o sangue ofertado, banqueteando-se. Ao terminar, o vórtex em volta do local se dissipa e toda a escuridão que se instaurou começa a ser sugada pela criatura, formando uma aura escura à sua volta.

Em alguns segundos o animal levanta voo e começa a emitir uma espécie de grito estridente. Logo o ser se metamorfoseia em uma criatura humanoide com cinco metros de altura. Em suas costas, era possível ver grandes asas escuras como a noite mais sombria. Longas garras e um corpo voluptuoso com traços femininos completam a forma dessa criatura magnífica.

De sobejo, o grito estridente se transformou em uma risada maligna e imoral. Esta criatura era Anfrielle, A Rainha Mariposa dos Ventos da Escuridão, ela era um dos Quatro Maus Maiores.

Anfrielle observa o rei bárbaro com seus grandes olhos vermelhos, se agacha e, com uma voz aveludada, ela sussurra:

— Como você cresceu, da última vez que lhe vi você era apenas uma criança, agora se tornou um grande e robusto homem.

A criatura obscurial começa a deslizar suas mãos profanas pelo corpo de Tiberion e, ao tentar acariciar os órgãos reprodutores do bárbaro, ele se afasta.

Tiberion, impaciente, diz:

— Deixe de brincadeira criatura, eu lhe trouxe aqui por outro motivo...

Anfrielle, descontente, diz:

— Pensei que depois de todo este tempo... você tinha me invocado para isto... como já é uma tradição de seus antecessores...

O rei bárbaro caminha até os restos mortais dos paladinos e os oferece a Anfrielle, dizendo:

— Eu lhe trouxe alguns presentes.

A obscurial se aproxima dos corpos dilacerados, os leva até a boca e suga todo o sangue restante dos corpos. Ao terminar seus olhos vermelhos brilhavam com uma forte luz escarlate, e então disse:

— Mais... Mais... Eu preciso de muito mais...

A criatura parecia ter uma sede incontrolável por sangue.

O bárbaro, determinado, diz:

— Foi para isto que lhe chamei... Existe um grande acampamento à nossa frente... Quero que você liberte sua fúria carmesim sobre eles.

Anfrielle se anima e diz:

— Não se preocupe, querido, irei consumir todos eles.

Tiberion, determinado, diz:

— Mas existe uma jovem mulher... com cabelos vermelhos como sangue, ela deve ser poupada.

Anfrielle pensa e diz:

— Cabelos escarlate? Seu sangue deve ser delicioso...

Tiberion se irrita e grita:

— NÃO OUSE TOCÁ-LA, SUA IMPURA... FAREI VOCÊ SE ARREPENDER...

Anfrielle gargalha e diz:

— Acalme-se, leãozinho. Então ela tem seu coração, interessante.

Tiberion, impaciente, diz:

— Já chega de jogos, vamos partir imediatamente.

O rei bárbaro caminha até o encontro do resto do grupo, com a obscurial em seu encalço. Chegando próximos ao grupo, todos ficam perplexos, as irmãs Anidria e Anadrai não conseguem acreditar no que seus olhos viam e adotam uma postura de ataque. Zion solta um forte fugido amedrontador, contudo, Tiberion diz:

— Ela está do nosso lado... por ora...

A criatura lança um olhar sombrio e penetrante nas gêmeas sísmicas e um sorriso sombrio e profundo. Tiberion, impaciente, diz:

— Lá está o acampamento que mencionei: Anfrielle, rainha do ar, banqueteie-se com eles...

A obscurial levanta voo, brandindo suas grandes e sombrias asas, fazendo os ventos se agitarem, formando uma ventania em todo o local. De relampejo, a criatura avança em direção ao acampamento. Um guarda que estava realizando a vigilância do acampamento do alto de uma torre percebe o avanço da criatura, e então toca um sino, alarmando a todos do assentamento sobre o ataque.

Percebendo o avanço da criatura, Tiberion diz:

— Todos comigo... Precisamos encontrar Syfa imediatamente.

O grupo avança velozmente, adentrando no acampamento, e inicia a busca pela rainha amazona.

Alarmados pelo sinal sobre o ataque, todos no acampamento se preparam para defender o local. Aldanie e Pharnion se reúnem às tropas para os liderar, seu exército tinha em média trinta mil indivíduos, dentre eles existiam paladinos e bárbaros que renegaram Tiberion como rei.

A obscurial observava todo aquele grande exército e se entusiasmava, e pensava:

— Vou deixar as coisas mais divertidas...

A criatura desce até o chão e aguarda.

Aldanie observa a criatura e berra:

— AVANCEM, DESTROCEM AQUELA IMUNDICE.

Todo o exército avança em direção à obscurial. Anfrielle aguarda pacientemente o avanço, observando que parte do exército estava bem próximo. A criatura desfere um golpe com suas longas garras, partindo todos ao seu alcance ao meio. Feito isto, ela leva suas garras encharcadas de sangue até a boca e se banqueteia.

Enquanto a criatura ocupava-se sugando o sangue de suas garras, Pharnion avança sorrateiramente e a ataca pelas costas, acertando em cheio um golpe de espada na criatura. Em um rápido reflexo, a obscurial se vira e pega o paladino nas mãos, o levanta do chão e, observando-o, ela diz:

— Você se parece muito com Tiberion...

A criatura então prova o sangue de Pharnion e diz:

— Mas você não é ele...

Preocupada com seu filho, Aldanie conjura uma magia de luz, fazendo surgir uma forte luz sobre a obscurial. A criatura se retorce e grita:

— ISTO QUEIMA...

Em desespero, Anfrielle se move freneticamente e arremessa Pharnion para longe. Com a queda, o paladino sofre diversos ferimentos pelo corpo e não consegue se mover. Contudo, Aldanie corre para ele e conjura uma magia de cura, que instantaneamente restaura todos seus ferimentos.

Aldanie pensa por algum tempo e diz:

— Pharnion, a amazona... isto deve ter sido conjurado para nos distrair... Rápido, vamos reunir alguns guardas e aguardar o inimigo.

Os paladinos reúnem cerca de vinte paladinos e caminham até a tenda em que Syfa estava.

Com seu corpo parcialmente queimado, Anfrielle diz:

— Que insolentes...

A criatura levanta voo até uma altura de dez metros e brande suas asas alvoroçadamente, fazendo os ventos à sua volta se tornarem sombrios e agitados. Ela lança este tormento sobre o exército, fazendo com que qualquer coisa que entrasse em contato fosse totalmente dilacerada. Em poucos segundos, praticamente todo o exército foi dizimado e os ares tornaram-se escarlate por conta do sangue.

Tiberion e seu grupo caminham desesperadamente pelo acampamento verificando tenda por tenda, executando todos que encontravam pela frente. Até que chegam ao centro do local, encontrando a tenda de Pharnion.

Logo perceberam que o local estava sendo bem vigiado por cerca de cinco guardas. Tiberion, que já estava bem impaciente, avança sobre os guarda e os nocauteia. Adentrando na tenda, ele fica aliviado ao encontrar a rainha amazona viva.

O grupo rapidamente retira as amarras de Syfa e ela continua desacordada. Eles colocam a amazona em cima do leão Zion e começam a caminhar.

A movimentação faz a rainha amazona despertar, porém estava bastante fraca e sussurra:

— Norte, vamos para o norte, para as praias gélidas...

A amazona sem forças acaba desmaiando. Mesmo sem entender, o grupo acata o pedido de Syfa e parte ao norte em direção à região litorânea de Luctor.

Pouco tempo depois, Aldanie, Pharnion e seus guardas chegam à tenda onde estava Syfa e percebem que a rainha não estava mais no local. Aldanie fica descontrolada e começa a gritar de raiva, contudo, Pharnion observa ao norte e diz:

— Mãe, eles estão fugindo por ali.

A paladina, impaciente, diz:

— Rápido, seus idiotas, vamos atrás deles... não deixem que partam.

A obscurial continua sugando o sangue de todos no acampamento, ela estava procurando por vítimas tenda por tenda, até que, em determinado momento, ela encontra uma tenda com várias jovens: eram as garotas de Templária que foram sequestradas.

Anfrielle prepara um ataque com suas garras, contudo, observa que todas as garotas se colocaram de joelhos, apenas aguardando suas mortes iminentes.

A criatura não entende o motivo daquele gesto das jovens e diz:

— Vocês não vão tentar se defender? Ou fugir?

Uma das garotas diz:

— Não, nobre senhora... nós aguardamos por muito tempo este momento.

Anfrielle pensa por algum tempo e diz:

— Vejo que no coração de vocês só existe tristeza e sofrimento... ofereço uma dádiva a vocês... Se aceitarem, tudo isto será apagado de vocês... E vocês ganharão poderes além da imaginação... O que possibilitará vocês se vingarem.

Sem pestanejar, todas as garotas aceitam o presente ofertado pela obscurial. Com um sorriso macabro, Anfrielle corta seu braço e despeja seu sangue dentro da boca de cada uma das garotas. Uma garota a questiona:

— Mas... qual será o preço por esta benção?

Anfrielle adota uma expressão fácil, sombria, e responde:

— Tudo...

E deposita seu sangue na boca da última garota. Em segundos, auras sombrias surgem em volta das meninas e elas se desprendem do chão, levantando-se aos céus. Elas começam a girar pelos ares e, em poucos segundos, transformam-se em mariposas enormes.

Anfrielle observa a transformação das meninas e diz:

— Lindo... agora se alimentem, minhas filhas.

As mariposas buscam vítimas para sugar seu sangue e se alimentar. As mariposas sugam o sangue de todos no acampamento, e então Anfrielle, contente, diz:

— Vamos para casa, minhas crianças.

As criaturas se grudam ao corpo da obscurial, e logo elas se transformam em uma fumaça sombria e desaparecem.

O Tiberion e seu grupo caminham por algum tempo e, chegando próximo às praias gélidas de Luctor, eles olham para o horizonte e vislumbram uma imensa frota marítima. Anadrai observa atentamente e diz:

— São aliados, aquela é a frota marítima amazona.

Anidria, contente, diz:

— Então foi isto que Syfa combinou com Jana.

Aldanie e Pharnion tentam alcançar o grupo e avançam com seus guardas velozmente.

A general Jana observa o grupo aproximando-se da praia, fica aliviada e diz:

— Amazonas, aquela é nossa rainha, mandem um bote para resgatá-la imediatamente!

Jana observa atentamente e pensa: "Lá está Syfa montada naquele leão, Anidria, Anadrai e aqueles homens, mas onde estão Ângela e Lívia?".

O grupo caminha rapidamente até a praia, para encontrarem-se com Jana e os reforços. Contudo, Pharnion e sua mãe Aldanie, que estavam em seu encalço, conseguem acompanhá-los. Eles corriam com suas armas desembainhadas. Observando aquele segundo grupo, Jana percebe que se tratava de inimigos e então ordena:

— Amazonas, peguem seus arcos e defendam nossa rainha.

Aldanie, percebendo que as frotas à sua frente eram inimigas e estavam prestes a atacá-los, e que eles não tinham a menor chance, ordena:

— Guardas, atacar.

Pharnion tenta acompanhar os guardas, mas sua mãe o puxa e diz:

— Você é idiota? Vamos fugir daqui enquanto temos tempo...

Aldanie e seu filho Pharnion fogem das praias, caminham por horas em direção oposta às frotas amazonas e encontram um pequeno barco tripulado por pessoas simples, pareciam pescadores.

Aldanie e Pharnion estavam ofegantes e, após descansarem um pouco, Aldanie, determinada, conversa com o proprietário do barco:

— Queremos ir para Templária, lhe oferecemos dez mil lingotes de ouro quando chegarmos, tome isto como um adiantamento — a paladina retira seu colar de ouro branco e entrega ao capitão.

O capitão, com o colar em mãos, diz:

— Isto deve valer uma fortuna, vamos partir imediatamente.

As amazonas dizimam os guardas paladinos sem dificuldade. O rei bárbaro estava muito fraco, quase não conseguia caminhar, contudo, o grupo embarca no navio em que estava Jana e a general amazona pergunta:

— Onde estão Ângela e Lívia?

Anadrai, entristecida, diz:

— Elas não sobreviveram...

Anidrix, que observava tudo, se encabulou e disse:

— Eu sabia que não podíamos confiar nestes bárbaros... Eu vou executá-los agora mesmo.

A general sísmica tenta avançar contra Tiberion e seus bárbaros, contudo, é interrompida por Anidria, e ela diz:

— Acalme-se, tia, eles nos ajudaram. Sem eles não teríamos conseguido resgatar Syfa.

Passando-se algum tempo, a rainha amazona desperta. Observa Tiberion mesmo enfraquecido velando seu sono. Percebendo que Syfa acabou de acordar, o rei bárbaro se enche de alegria e berra:

— TRAGAM ALGO PARA ELA COMER E BEBER.

A rainha amazona se incomoda com o barulho e sussurra:

— Não fale tão alto, por favor...

Tiberion, envergonhado, sussurra:

— Me perdoe...

Anidria e Anadrai ajudam Syfa a ficar de pé e a levam até a cabine do navio. A rainha amazona senta-se ao lado de seus generais e das gêmeas. E elas contam tudo que aconteceu para a rainha, como conseguiram resgatá-la. Enquanto ouvia toda a história, Syfa se alimentava.

Tiberion brincava com Zion, enquanto aguardava do lado de fora da cabine. Concluindo toda a história, Syfa se levanta eufórica e diz:

— Eu preciso ver o Tiberion imediatamente.

A rainha amazona corre até o lado de fora da cabine, chama o rei bárbaro e diz:

— Anidria e Anadrai me contaram tudo...

Tiberion voltou seu olhar para o chão e, envergonhado, disse:

— Foi preciso... Eu não tinha outra saída... eu fiz isto... por que eu te amo...

A rainha amazona interrompe o rei bárbaro com um beijo e ela diz:

— Eu agradeço por tudo que você fez, você arriscou tudo para me salvar... eu... eu... também te amo.

A frota marítima parte em direção ao reino de Calôndia. Chegando ao destino, Tiberion e seus bárbaros retornam para seus reinos e o rei bárbaro promete que, após combater a crise instaurada em seus reinos e reorganizá-los, retornará para os braços de sua amada.

Passando-se seis meses, Tiberion retorna ao reino de Calôndia e é recebido pela rainha amazona.

Tiberion, apaixonado, diz:

— Todo este tempo longe de você parecia uma eternidade... Eu não quero passar mais nem um dia distante, você se tornou a razão da minha existência. Todas as noites eu passei lembrando do perfume dos seus cabelos... Você aceita ser minha esposa?

Syfa fica envergonha e avermelhada, contudo, sussurra:

— Eu aceito.

13º CAPÍTULO

A Aliança Cravejada

O casamento entre a rainha amazona e o rei bárbaro demorou alguns meses para acontecer, não só porque Syfa precisou se recuperar da violência sofrida nas mãos dos paladinos, mas também porque havia muito o que se preparar. Primeiramente, Syfa e Tiberion, juntos, precisaram viajar pelas mais variadas regiões de Olimpus para comunicar aos comandantes, lordes e demais pessoas importantes sobre a união. Como era de se esperar, em um primeiro momento, o casamento entre os dois não foi muito bem aceito, principalmente porque há várias centenas de anos, amazonas e bárbaros eram naturalmente inimigos.

A inimizade entre esses dois polos antagônicos tem como fonte a rebelião amazônica liderada por Lyandra, cerca de quinhentos anos atrás. Da parte das amazonas, principalmente aquelas mais radicais, que viam em Syfa uma mera sombra do que fora sua mãe, a famigerada rainha Cerina, temia-se que o casamento com Tiberion representasse mais uma submissão de uma amazona perante um bárbaro. Já da parte dos bárbaros, parecia que a inabalável admiração de Tiberion por Syfa poderia representar a perda de mais territórios.

Porém, à medida que os dois foram passando de castelo em castelo, pôde-se observar não só a forte união que os dois pareciam ter, mas também que o perigo iminente que vinha do sul exigiria de todos os habitantes do continente certa abdicação de costumes em prol de uma aliança que unificaria as defesas tanto bárbaras quanto amazonas. Neste momento, não era novidade para ninguém que os paladinos de Templária preparavam um grande ataque contra o continente. Dessa vez, com toda certeza, a força de Olimpus deveria estar mais preparada, pois apenas a coragem e a invocação de um mal maior não seriam suficientes para derrotar os inimigos do sul.

Dessa forma, ainda que com relutância, os nobres de todo o continente concordaram em aceitar o convite da, agora, família real de Olimpus. Do ponto de vista religioso, não foram muitos os empecilhos, uma vez que, ainda que tivessem costumes diferentes, bárbaros e amazonas descendem da mesma raiz religiosa e, por isso, foram feitas pouquíssimas alterações nos costumes casamenteiros de cada cultura. Além disso, os mais próximos aos dois noivos, sabendo da natureza arredia de sua rainha e da natural falta de tato para com eventos reais de seu rei, comprometeram-se em cuidar de todos os preparativos sem importunar Syfa e Tiberion, uma vez que os dois, quando não estavam viajando e fazendo os preparativos para a guerra que poderia chegar de sobejo a qualquer momento, resguardavam-se nos aposentos reais, transando, em puro êxtase carnal.

Passando-se alguns meses, chegara o grande dia da celebração da união do rei bárbaro e da rainha amazona e esta iria ocorrer no castelo de Syfa, localizado na cidade de Vernezia, capital do reino amazônico de Calôndia. E os líderes de todas as grandes nações foram convidados para a cerimônia. O continente de Sunna estava sendo representada por Akie, a Imperatriz Solar; de Valíkia estava a rainha Epícrona, A Serpente Ancestral; de Plantária estava Gantrien, O Rei Elfo, e um aspecto de Griff, A Onisciência.

Contudo, devido aos recentes acontecimentos, Increase, a Mão da Luz, o Imperador de Templária e irmão de Aldanie, não foi convidado. Todos os líderes estavam aflitos, visto que Templária não estava respeitando os territórios e monarquias de Olimpus e isto poderia desencadear uma guerra, que acabaria envolvendo todo o mundo. Por esta razão, o apoio a esta união tem como objetivo garantir a estabilidade mundial.

O casamento tem início, o salão estava bastante decorado, com vários artefatos valiosos em ouro e prata, e era todo ornado com flores violetas e amarelas. Além dos líderes das grandes nações, estavam presentes vários monarcas de Olimpus e os generais e amigos de Syfa e Tiberion. As gêmeas Anidria e Anadrai estavam sentadas em posição de destaque e estavam ao lado dos gêmeos Cyperion e Cyperianna, os sísmicos pareciam bem animados e sorridentes.

A rainha Epícrona, que estava sentada próxima aos líderes das outras nações, levanta-se e desloca-se, sentando atrás de Anidria e Anadrai. Os outros líderes ficam sem entender, mas a rainha Ophídia não se importa e observa os sísmicos com um leve sorriso no canto de sua boca.

As gêmeas conversam mentalmente sobre a rainha de Valíkia.

Anidria mentalmente:

— Você percebeu que ela está nos observando?

Anadrai mentalmente responde:

— Sim... Ela me parece familiar... A aura dela me lembra alguém... Mas nunca a vi na vida...

Anidria diz mentalmente:

— Estranho...

Passando alguns minutos, uma sacerdotisa da deusa Derina chega e adentra na cerimônia, e é acompanhada logo em seguida por Tiberion, que entra todo sem jeito, cumprimentando todos os presentes. Ele parecia bem nervoso. Estava trajando uma roupa feita de pele de animal, o mesmo traje que seu pai utilizou em seu casamento. O rei bárbaro aguarda ansiosamente e, após alguns minutos, a rainha amazona surge. Ela estava trajando um vestido longo, com partes de armadura dourada, havia uma trança em seus cabelos e a coroa amazona em sua cabeça, um traje tradicional, utilizado por todas as rainhas amazonas antes dela.

Vislumbrando Syfa, o rei bárbaro fica bastante emocionado e começa a chorar alegremente. A rainha amazona caminha graciosamente, mantendo sua postura e sua expressão facial. Chegando ao altar, ela coloca-se ao lado de Tiberion, ele, que já se debulhava na lágrima, observa Syfa com os olhos apaixonados. E ela, por um segundo, o observa com um leve sorriso.

A sacerdotisa inicia seu discurso:

— Hoje, meus caros amigos, nos reunimos para esta nobre celebração, uma união de uma mulher e de um homem, que, apesar das grandes dificuldades, se uniram. Esse enlace marcará o início de uma era de paz e prosperidade em toda Olimpus, que reverberou por anos. Rogo à Deusa Derina que mantenha estas duas almas unidas por toda a eternidade, eu os declaro unidos pelo amor da grande Deusa.

Todos os presentes ficam emocionados e ovacionam a união. A festa de casamento, apesar de pouco pomposa, dura dias. Uma felicidade real tomava o coração de todos...

Rapidamente, a notícia do casamento entre Tiberion e Syfa se espalha pelo mundo e, agora, a guerra entre Templária e Olimpus estava sendo conhecido como A Guerra de Unificação, pois foi o avanço de seus irmãos do sul que fizeram bárbaros e amazonas unir-se sob um mesmo Império.

14º CAPÍTULO

O Canhão Magnum Flamejante

Passando alguns meses após o casamento, Syfa descobre que está grávida. O casal estava bastante feliz, contudo, enfrentava algumas instabilidades em Olimpus, visto que tanto as amazonas como os bárbaros não aceitaram bem a união.

Mas a esperança de Syfa e Tiberion era com o nascimento desta criança, que seria herdeira dos dois tronos e unificaria Olimpus em uma só monarquia, marcando o início de uma nova era imperial.

Notícias da instabilidade de Olimpus começam a correr o mundo e, tentando aproveitar este momento, Pharnion e sua mãe Aldanie preparam um ataque para tentar reivindicar o continente de uma vez por todas.

Os paladinos conseguem apoio de Increase, o imperador de Templária, conseguindo reunir um exército grandioso, para realizar uma investida de grande magnitude.

Por meses os paladinos organizam-se para realizar o avanço através do mar, assim iniciando a invasão pelo sul de Olimpus. Com uma frota de cem mil paladinos, avançam utilizando navios. Uma força militar que representava todo o poder de Templária, além de paladinos, este exército continha as principais famílias de sísmicos do continente, dentre elas a lendária família Basalto, que era conhecida pelos seus incríveis e mortais poderes de magma.

Em um dia primaveril, uma amazona chega às pressas no castelo da rainha amazônica Syfa e informa sobre o avistamento de uma grande frota se aproximando do reino de Salfina e que possivelmente era um ataque de Templária.

O casal de monarcas fica transtornado. Tiberion fica bastante preocupado, visto que Syfa acabara de entrar nos últimos meses de gravidez, e diz:

— Minha amada, partirei imediatamente...

Syfa, determinada, diz:

— Vou liderar as amazonas, iremos juntos acabar com esta ameaça.

Tiberion, preocupado, diz:

— Você não pode lutar dessa maneira, eu liderarei meus bárbaros e suas amazonas.

Syfa, séria, diz:

— As amazonas nunca aceitariam ser lideradas por um homem...

Tiberion pensa por algum tempo e diz:

— Então reúna seu exército e se proteja, eu nos defenderei com meu exército.

Syfa, preocupada, diz:

— Mas... Você não conseg...

Tiberion a interrompe e diz:

— Não se preocupe...

Syfa, angustiada, diz:

— Leve Anidria e Anadrai com você...

O rei bárbaro concorda com a rainha amazona, se despede dela e parte para organizar-se para o confronto. Ele reúne grande parte do seu exército, formando uma força militar de sessenta mil soldados, além das gêmeas da família Slate e dos gêmeos Gnaisse que, ao saberem que Anidria e Anadrai foram convocadas para o confronto, se voluntariaram imediatamente.

Tiberion e seu exército navegam por alguns dias até chegarem na parte litorânea do reino de Salfina. O bárbaro percebeu que as águas estavam agitadas, o que não era comum naquela região. E então ele ordena:

— Levantem as velas, vamos avançar devagar.

Avançando lentamente, o rei bárbaro lidera a dianteira de seu exército. Observando o horizonte, ele avista alguma coisa aproximando-se cada vez mais. Tiberion percebe que se tratava dos navios de Templária, e então grita:

— INIMIGO À FRENTE, AUMENTAR VELOCIDADE.

Aproximando-se dos navios inimigos, Tiberion percebe a extensão do exército que estava prestes a enfrentar, e então pensa:

— Pelos Deuses, estamos perdidos...

Anadrai segura a mão de Cyperianna com muita força e sussurra:

— Não sei qual será nosso destino..., mas se estes forem meus últimos momentos de vida, estarei em paz, por dividi-los com você.

Ouvindo sua irmã, Anidria, que estava confiante sobre a vitória, diz:

— Não seja tão melancólica... tenho certeza que conseguiremos vencê-los...

Percebendo a investida dos bárbaros, Aldanie ordena:

— Inimigos aproximando, rapidamente, a formação de defesa.

Toda a frota de navios paladinos começa a se reorganizar, formando uma espécie de corredor, posicionando os navios lado a lado.

O rei bárbaro percebe a formação de batalha do inimigo, e então tem um plano:

— Anadrai e Cyperion, venham aqui, eu tenho um plano, preciso que vocês forjem uma armadura de metal para a proa dos navios que farão a linha de frente. Preciso que façam isso o mais rápido possível.

Os forjadores sísmicos rapidamente vão de navio em navio, desembainhando seus martelos de forja e recitando encantamentos antigos. Os dois magos carregam seus martelos por uns segundos e martelam a proa dos navios, fazendo surgir uma proteção metálica bastante resistente. Eles conseguem realizar a forja em vinte navios, que lideram a dianteira da frota do exército.

Após concluírem a forja, Anadrai e Cyperion gritam:

— TUDO PRONTO.

Tiberion, confiante, berra:

— ESPALHEM-SE... ABAIXEM AS VELAS, REMADORES, REMEM..., TODA VELOCIDADE À FRENTE.

Tiberion ordenou que seus navios se chocassem com os navios inimigos.

Percebendo o avanço da frota bárbara, Aldanie diz:

— Finneus e Finnar, preparem-se, temos que abater os navios que fazem a linha de frente inimiga imediatamente.

Os gêmeos Finneus e Finnar eram os sísmicos da nobre família Basalto, eles tinham a pele cinza-avermelhada e seus cabelos eram longos cristais vermelhos como o magma; trajavam armaduras prateadas e ornamentadas.

A forjadora Finnar desembainha seu martelo de forja, recita um encantamento ancestral, logo seus olhos se tornam vermelhos e uma espécie de lava começa a escorrer como lágrimas, e então, com uma forte martelada, ela faz surgir um canhão no chão do navio.

Celeremente, Finneus se acopla ao canhão forjado pela sua irmã, e então ele diz:

— Rápido, irmã, carregue o canhão.

Percebendo que seu irmão estava pronto, Finnar recita outro encantamento e novamente martela o chão do navio, fazendo surgir várias balas de canhão, que já estavam em chamas. A sísmica utilizando as mãos levanta uma das balas e a coloca dentro do canhão, e diz:

— O canhão está pronto, irmão.

O sísmico Finneus mira por alguns segundos em um dos navios da frota bárbara e atira, acertando-o em cheio.

O navio que foi alvejado explode instantaneamente, fazendo chamas se espalharem pela água. Após o tiro, o sísmico já solicita que sua irmã recarregue novamente o canhão.

Tiberion percebe que um de seus navios foi alvejado e destruído. Contudo, o rei bárbaro continua a avançar. Aproximando-se do inimigo, os navios que estavam com a armadura em sua proa se chocam com os navios inimigos, o que faz várias embarcações inimigas afundarem. Por fim, toda a frota bárbara passa pela barreira formada pela frota paladina.

Entendendo a estratégia de Tiberion, Aldanie ordena:

— Mudar formação, fechem esses malditos.

Rapidamente, os navios paladinos começam a se reorganizar, formando uma espécie de círculo em volta da frota bárbara.

Aldanie percebe que conseguiu prender seus inimigos, então diz:

— Finnar, preciso que forje mais canhões para os outros sísmicos manipularem e dizimarem nossos inimigos.

Finnar, preocupada, diz:

— Mas, senhora..., apenas sísmic...

Aldanie, impaciente, interrompe a sísmica e diz:

— Isto é uma ordem, sua vagabunda, obedeça imediatamente.

A sísmica Finnar, mesmo preocupada, se desloca para outros navios para realizar a forja, indo de navio em navio forjando novos canhões.

Logo seu irmão Finneus atira novamente, acertando outro navio bárbaro e o destruindo completamente. Após atirar, ele ordena que seu canhão seja carregado imediatamente. Um paladino, que fora deixado para recarregar, tenta levantar a bala, contudo, ao encostar na munição, as mãos do homem começam a derreter e logo seu corpo todo se liquefaz.

Vendo que outro navio foi destruído, Tiberion ordena que parte dos seus navios que não possuem as proteções na proa naveguem em círculo, ataquem e afundem os navios paladinos.

Pede ainda para Anidria e Anadrai o acompanharem nos ataques. Aos gêmeos Cyperion e Cyperianna, ele pede para que comandem as investidas para continuar a atacar os cascos dos navios paladinos.

Finnar havia forjado vários canhões, e então ela retorna ao navio em que seu irmão e Aldanie estavam e diz:

— Os canhões foram forjados como pediu a senhora.

Aldanie, ansiosa, berra:

— ATAQUEM O INIMIGO IMEDIATAMENTE.

Os paladinos tentam utilizar os canhões, contudo, ao tocarem nas armas, eles começam a derreter, até se desfazerem completamente. Vendo o que estava acontecendo, Aldanie perde a cabeça, desfere um tapa no rosto de Finnar e diz:

— Você é uma inútil.

Ao encostar a mão no rosto da sísmica, Aldanie acaba sofrendo queimaduras graves.

Finneus se enfurece com a paladina e grita:

— QUEM VOCÊ PENSA QUE É PARA FAZER ISTO COM MINHA IRMÃ?

Os irmãos começam a se aquecer e soltam magma por diversas partes do corpo.

Vendo que sua mãe estava sendo ameaçada, Pharnion desembainha sua espada, contudo, Aldanie, encabulada, diz:

— Eu serei a futura rainha de Olimpus, sugiro que me respeitem ou sofrerão as consequências...

Enquanto conversavam, alguns canhões que estavam sendo manipulados por sísmicos são disparados, o que acaba destruindo outros navios da frota bárbara.

Vendo os navios inimigos sendo destruídos, Aldanie tenta consertar a situação e diz:

— Acho que me exaltei, me desculpem.

Mesmo enfurecidos, os irmãos não respondem à paladina e continuam a atacar.

Ao ver que Tiberion estava conseguindo vencer algumas batalhas e tinha afundado alguns de seus navios, Aldanie e Pharnion mudam de navio e comandam um contra-ataque contra Tiberion. Antes de partir, a paladina pede para os gêmeos Finnar e Finneus comandar o ataque dos canhões.

Então Aldanie e seu filho avançam com a maior parte de sua frota, e os navios com os canhões se aproximam do navio de Finnar e Finneus. Os gêmeos ordenam que todos os canhões mirem nos navios com a proteção na proa e os destruam.

Várias vezes os canhões atiram, destruindo a maioria dos navios com a armadura na proa. As irmãs Anidria e Anadrai percebem que os gêmeos Gnaisse estavam na mira dos canhões. Elas decidem se aproximar dos navios.

Aproximando-se dos navios, Anidria já estava equipada com uma longa alabarda forjada por Anadrai. A sísmica tem uma ideia e diz mentalmente para sua irmã:

— Não iremos conseguir chegar aos navios a tempo, Anadrai, quero que você me arremesse em um dos navios, e eu cuido do resto.

Anadrai fica preocupada e diz:

— Mas... é muito arriscado...

Anidria, confiante, diz:

— Não pense demais... apenas faça.

Anadrai, mesmo contrária, segura sua irmã pelo braço direito e pela perna direita e começa a girar para pegar impulso. A arremessa em alta velocidade em direção aos navios que continham os canhões. Anidria consegue cair de pé em um dos navios e, com grande maestria, desfere vários golpes no sísmico que manipulava o canhão, executando-os velozmente, não dando chance de reação.

Após derrotar todos no navio, a sísmica faz diversos furos pela embarcação, com o intuito de afundá-la, e, feito isto, a sísmica se lança ao mar e nada até o navio mais próximo.

Finneus repara que um dos navios contendo o canhão havia parado de atacar e estava afundando, e, observando cautelosamente, o sísmico percebe a presença de Anidria e a vê saltando da embarcação. E então ele ordena berrando:

— Atenção, mirem naquela sísmica e a eliminem imediatamente.

Todos os sísmicos que estavam manipulando os canhões tomam Anidria como alvo. Ela havia subido em um navio da frota paladina. Ao perceber que todos os canhões estavam mirados nela, a sísmica corre velozmente pelo deque do navio e, utilizando sua alabarda para pegar impulso, ela realiza um grande salto da embarcação, conseguindo passar para o navio inimigo ao lado. No momento exato que Anidria consegue saltar, o navio em que ela estava é atingido e totalmente destruído.

O sísmico Finneus fica revoltado, visto que havia destruído um navio aliado e o alvo não foi acertado. Observando que, no navio em que Anidria estava, ocorria uma luta, ele tenta se aproveitar da situação e dispara novamente contra um navio aliado. Identificando que a embarcação seria totalmente destruída, Anidria, sorrateiramente, se lança ao mar e mergulha, impossibilitando a visão do inimigo.

Cyperion, que estava próximo, observa o momento em que Anidria consegue saltar do navio e se aproxima do local em que sua amada saltou no mar para resgatá-la.

Contudo, a sísmica tinha um plano e mergulhando ela passa por baixo de várias embarcações, até que percebe que estava bem próxima ao navio de Finneus e Finnar. Retornando à superfície, Anidria sobe em uma embarcação e celeremente executa uma sísmica que está manipulando um canhão. O sísmico Finneus estava na embarcação ao lado e observa toda a maestria de Anidria. Ele se enfurece ainda mais, é possível ver magma saindo de várias partes de seu corpo.

Finnar, vendo que seu irmão estava entrando em um estágio preocupante, diz:

— Não perca a cabeça... Mantenha a calma...

Anidria, percebendo que seu inimigo estava perdendo o controle, diz calmamente:

— Vocês devem ser da família Basalto..., a julgar pelos seus dons..., mas, pelo que estou vendo, vocês não fazem jus ao nome que carregam...

Finneus que já estava perdendo o controle, acaba se descontrolando completamente e berra:

— E QUEM É VOCÊ? VOCÊ É APENAS UM INSETO INSIGNIFICANTE..., VEREI-TE VIRAR CINZAS, HAHAHAHAHA.

O sísmico começa a se aquecer, é possível ver fumaça saindo por todo seu corpo, acompanhado pelo magma que saíra por todos os seus orifícios.

Finnar, alarmada, diz:

— Não entre no jogo do oponente.

Manipulando o magma, o sísmico forma um escudo de larva em volta do seu corpo e faz uma onda de magma gigantesca de dez metros de altura e a lança para todas as direções. Como a lava estava em uma temperatura bastante elevada, ela acaba derretendo tudo que toca e, claro, derrete a embarcação onde Finneus e Finnar estavam. Eles entram em contato direto com a água do mar, o que acaba por resfriar o escudo de lava do sísmico, solidificando-o. Finnar, desesperada, observa seu irmão afundando lentamente no mar, enquanto se debatia tentando se soltar das rochas.

Cyperion observa a grande onda de magma avançando em direção à Anidria e grita:

— Corra para cá imediatamente.

A onda de lava derrete várias embarcações à sua volta e Anidria corre velozmente e consegue saltar no navio em que estava Cyperion e Cyperianna. O sísmico celeremente desembainha seu martelo de forja, recita um encantamento ancestral e, mesmo sem carregar seu instrumento de forja, desfere uma forte martelada no chão do navio, fazendo surgir uma enorme e espessa parede repleta de diamantes.

Contudo, quando a onda de magma se choca com a parede, a lava consegue ser mais alta e começa a trincar a muralha; os sísmicos pensam que este seria o fim.

Quando todos haviam perdidos suas esperanças, eles sentem uma forte brisa chegando e, ao olharem para os céus, não acreditam em seus olhos, era a elfa Yufia, a idosa estava flutuando serenamente e utilizando seus poderes de vento. Ela levanta seu cajado e conjura um tornado atrás da onda de magma, fazendo a água do mar se agitar e resfriar a lava, que acaba solidificando-se e transformando-se em pedra. Os sísmicos ficam sem acreditar e agradecem à elfa, e ela, tranquilamente, acena com a mão e desaparece entre as nuvens.

Mesmo com uma parte da onda de magma sendo neutralizada, ela conseguiu destruir diversas embarcações de ambos os lados, reduzindo os exércitos pela metade. Vendo que grande parte de seu exército foi destruído, Aldanie e Pharnion armam um cerco para encurralar a frota bárbara em um despenhadeiro. E, pouco a pouco, o cerco é fechado, fazendo com que vários navios se chocassem contra as formações rochosas.

Tiberion e seu exército ficam sem reação e, mesmo que eles conseguissem ganhar algumas batalhas e afundassem algumas embarcações inimigas, o número de navios inimigos eram bem maiores, o que tornava a vitória praticamente impossível.

Com toda a frota bárbara encurralada, o rei bárbaro acabara perdendo praticamente todos seus navios, restando apenas quatorze embarcações. Vislumbrando a derrota iminente, Tiberion diz:

— Agradeço a todos vocês meus companheiros, que até o fim lutaram com honra para proteger tudo que acreditamos, me sinto feliz em ter vocês comigo.

O bárbaro dá um forte grito de guerra enfurecido e se lança na batalha juntamente ao leão Zion e seus companheiros.

Já em batalha, todos escutam gritos de guerra femininos vindos de longe e ficam intrigados. Logo o silêncio toma conta e todos ficam sem entender a origem dos sons que ouviram. Curioso, Tiberion volta seu olhar para o horizonte e não acredita no que estava vendo: toda a frota marítima amazona se aproximava para auxiliar na batalha.

15° CAPÍTULO

A Espada Luz Incandescente

Aproximando-se da batalha, Syfa, mesmo próxima da hora de dar à luz, lidera seu exército com determinação e valentia. A rainha amazona fica muito angustiada, visto que vislumbra que praticamente toda a frota bárbara foi destruída e que as embarcações que restaram estavam bem danificadas e cercadas pelo inimigo. A amazona teme pela vida de seu amado e pensa:

— Cheguei tarde demais... Eu deveria ter vindo antes...

A rainha amazona observa atentamente as embarcações bárbaras, tentando ver Tiberion, ou suas amigas Anidria e Anadrai. Então, aflita, Syfa ordena:

— Amazonas, formação de ataque, avancem imediatamente.

A frota amazona avança com ferocidade, aniquilando os paladinos, afundando seus navios e abrindo o cerco que estava envolvendo a frota bárbara.

O imperador de Templária, Increase, a Mão da Luz, observava toda a batalha distante e percebe que, com a chegada das amazonas, a vantagem na batalha estava sendo minada e o risco da derrota era iminente.

Vendo que boa parte de sua frota havia sido destruída, o líder paladino toma uma atitude extrema e emite um sinal com sua espada, fazendo surgir um feixe de luz bastante forte, podendo ser visto a quilômetros de distância. Todas as embarcações paladinas identificam o sinal e iniciam uma retirada.

Aldanie, vendo que toda a frota paladina estava recuando, fica transtornada e berra:

— EU ORDENO QUE CONTINUEM NA BATALHA..., SEUS COVARDES, VAMOS CONQUISTAR OLIMPUS, A VITÓRIA ESTÁ EM NOSSAS MÃOS...

Alguns paladinos, que eram fiéis a Aldanie, continuam na batalha, contudo, a maior parte da frota paladina recua em direção à Templária com seu imperador.

O imperador Increase, que estava bem longe da batalha, observa pelo horizonte que sua irmã Aldanie e seu sobrinho Pharnion continuam na batalha e diz:

— Aldanie está enlouquecida atrás de poder... e esta será sua ruína...

Com os navios paladinos recuando, Syfa procura atentamente por Tiberion e suas amigas sísmicas, observando o meio da batalha. Ela identifica a embarcação onde eles estavam.

Aliviada e eufórica, a rainha amazona grita:

— TIBERION, ANIDRIA E ANADRAI, EU ESTOU AQUI...

Ao terminar de gritar, a rainha sente uma forte dor em sua barriga e logo sua bolsa gestacional estoura... fica em choque ao perceber que sua criança estava prestes a nascer naquele momento, em meio à batalha.

Ouvindo a voz de Syfa, o rei bárbaro fica muito feliz, ao mesmo tempo preocupado, visto que, no estado que a rainha amazona se encontrava, seria bastante perigoso ficar em uma batalha.

Nesse ínterim, Syfa grita de dor. Angustiado, Tiberion salta no mar, acompanhado por Zion, e nada até a embarcação onde Syfa estava. Anidria e Anadrai pensam em ir atrás de Tiberion e Zion, contudo, elas estavam em meio a uma luta com os paladinos e não conseguiram recuar.

Aldanie e Pharnion, que estavam próximos ao navio onde Syfa estava, também escutam a rainha amazona, e a paladina diz:

— Vamos exterminar essa vadia.

Ordena que conduzam o resto dos navios em direção à embarcação da rainha amazona.

Sentindo bastante dor, a rainha amazona procura um local para dar à luz, entra na cabine da embarcação, se deita em uma cama improvisada e, acompanhada pela amazona Jana, inicia o parto.

Velozmente Tiberion e Zion conseguem chegar no navio onde Syfa estava, contudo, Aldanie, Pharnion e seus paladinos também conseguem chegar.

Logo uma luta se inicia entre Tiberion, seu leão e as guardas amazonas pessoais de Syfa contra os paladinos. O rei bárbaro ordena que seu leão ataque os guardas, as amazonas avançam contra Aldanie e Tiberion confronta seu meio-irmão Pharnion.

Tiberion batalha com a ferocidade de um leão, desferindo vários golpes com seu martelo contra Pharnion. O paladino desvia dos ataques e tenta contra-atacar o rei bárbaro, contudo, ouvindo os gritos de dor de Syfa, Tiberion se enfurece e desfere um golpe certeiro em Pharnion, cujo tórax é totalmente dilacerado. O rei bárbaro, rapidamente, se volta para auxiliar Zion contra os guardas paladinos.

Agonizando no chão, Pharnion sussurra:

— M...ãe..., me ajude..., por favor...

Ouvindo o pedido do filho, Aldanie conjura um feixe de luz e deixa as guardas amazonas desnorteadas por alguns segundos.

A paladina agacha, levanta suas mãos e conjura uma habilidade restauradora, logo as mãos de Aldanie começam a emitir uma forte luz e ela toca o ferimento de seu filho. Contudo, como o ferimento havia sido bem grave, a paladina necessita de alguns segundos para curar seu filho.

Já curado, Pharnion se levanta meio tonto e com sua espada ataca o rei bárbaro pelas costas, acertando em cheio os pulmões de Tiberion.

O bárbaro, em um rápido reflexo, arremessa seu martelo em um paladino, se vira, agarra Pharnion pelo pescoço e, em um ato de fúria, arranca a mandíbula do filho de Aldanie e a lança ao mar.

Vendo a gravidade do ferimento, Aldanie se desespera e tenta incansavelmente curar seu filho, contudo, suas habilidades de restauração não pareciam surtir efeito, visto que Pharnion se debatia no chão.

Agonizando, Tiberion se arrasta até a cabine da embarcação e observa Syfa dando à luz. A rainha amazona percebe que o rei bárbaro está bastante machucado, e então ordena:

—Jana, cuide de Tiberion... ele está precisando mais de você que eu...

A amazona vai até o rei bárbaro, Tiberion se recusa a deixá-la cuidar dele e diz:

— Ajude... Syfa... Eu quero ver o rosto do nosso filho...

Jana retorna até Syfa e continua a auxiliando no parto. Tiberion se deita ao lado de Syfa, segura sua mão e diz:

— Vamos, minha amada... dê a vida ao nosso bebe...

A rainha amazona grita bem alto, mas logo os gritos da rainha se cessam e dão lugar ao choro de um bebê.

Emocionada, Jana, diz:

— É uma menina... A Imperatriz das Sete Coras.

A amazona entrega a pequena bebê aos braços de Syfa.

A rainha mãe fica muito emocionada e diz:

— Tiberion, ela tem seus olhos e seu cabelo.

Tiberion tenta responder, contudo, não consegue.

Syfa se desespera e grita:

— Rápido, Jana, ajude-o.

Jana observa a ferida de Tiberion e diz:

— Eu não posso fazer nada por ele...

Em desespero, mesmo com dores, Syfa se levanta e diz:

— Meu amor... não se vá... — e dispara a chorar.

Tiberion, com bastante dificuldade, sussurra:

— Ela... é linda... como você.

Vendo que estes eram os últimos momentos de vida do rei bárbaro, Syfa coloca a pequena bebê em seus braços.

A rainha amazona diz:

— Seu nome será Lyandra, A Imperatriz das Sete Coroas.

Tiberion observa emocionado a pequena bebê em seus braços. Com um sorriso no rosto, o rei bárbaro falece. Zion, ao sentir que seu mestre e amigo se fora, dá um rugido que faz as ilhas de Salfina tremerem.

Syfa percebe que seu amado acaba de falecer, se desespera e chora descontroladamente sobre seu o corpo. Contudo, ela é tomada pelo desejo de vingança e, mesmo após ter dado à luz, a rainha amazona equipa-se com sua lança e sai da cabine do navio, confrontando-se no mesmo momento com Aldanie, agachada ao lado de Pharnion, tentando curar seus ferimentos.

Vendo a rainha amazona, a paladina tenta levantar-se do chão para confrontar Syfa. Contudo, com uma fúria desumana, a rainha amazona desfere um único golpe com sua lança e decepa as duas mãos de Aldanie, que já cai ao chão perdendo bastante sangue.

Vendo Zion lutando contra os guardas de Aldanie, a rainha amazona se lança contra os homens, desferindo vários golpes com sua lança, executando um a um. Logo, todos estavam derrotados e Aldanie, vislumbrando o sentimento de derrota, diz:

— Eu posso ter perdido a guerra..., mas, ao menos, levarei sua felicidade comigo...

A rainha amazona prepara um golpe para executar a paladina, contudo, pensa e ordena:

— Zion, alimente-se.

No mesmo instante o leão avança sobre a Aldanie, a devorando viva. A mulher grita desesperadamente, contudo, Syfa observa o animal lentamente desfazendo o corpo da paladina, até sobrar apenas seu esqueleto. Pharnion também teve o mesmo destino de sua mãe.

Com todos os paladinos derrotados, toda a frota amazônica e o que restou da frota bárbara se reúnem em torno do navio em que Syfa estava com a pequena Lyandra nos braços. Mesmo com lágrimas nos olhos, ela inicia um discurso:

— Hoje nós lutamos com honra, para proteger nossos lares de invasores, que deliberadamente nos atacaram, dizimaram nossas vilas, assassinaram inocentes, transformaram pessoas em mercadorias..., e mesmo assim nós lutamos bravamente como um só. Hoje eu olho para vocês e vejo uma Olimpus unida e não mais enxergo amazonas ou bárbaros, e sim irmãos e irmãs que lutaram lado a lado para proteger um ideal... um sonho... e foi por este sonho que Tiberion morreu lutando. Esta nova vida marcará início de uma era de paz e prosperidade. Longa vida à Lyandra, A Imperatriz das Sete Coroas...

EPÍLOGO

A Imperatriz das Sete Coroas

Após o confronto contra os paladinos de Templária, Syfa e seus exércitos retornaram para Olimpus. Devido à sua força e valentia demonstradas na batalha, a rainha amazona conquistou o respeito e admiração dos bárbaros. Contudo, Syfa não conseguira seguir em frente, visto que seu amado acabara perdendo a vida durante a guerra.

Em um ato de vingança e também demonstração de força de um continente unificado, a rainha amazona organizou um contra-ataque em retaliação aos atos cometidos contra Olimpus. Reunindo todo seu poder militar, com os bárbaros agora sob sua jurisdição, a rainha atacou implacavelmente o continente de Templária.

Os paladinos, que já estavam envolvidos em enormes dívidas por conta da empreitada antiescravidão vinda do Norte, tiveram dificuldades em defender-se dos ataques de Syfa. Por fim, a rainha amazona dizimou completamente o exército paladino, o que tornou o continente de Templária um lugar morto, social e militarmente...

Mesmo com sua sede de vingança, Syfa sempre pensa no bem-estar dos aldeões de Templária. Em um ato em que visou a manter a paz, a rainha depôs o imperador Increase, a Mão da Luz, e o executou em praça pública. Syfa elegeu um regente de sua confiança, capaz de comandar o continente, mas sempre com os interesses de Olimpus em primeiro lugar. Com o novo eleito da rainha amazona, o continente de Templária libertou todas as pessoas escravizadas durante o império de Increase.

Passando-se alguns anos, a rainha Syfa tem seu coração repleto de amor pela sua pequena filha e a cria nos costumes amazônicos e bárbaros.

Ao completar 6 outonos, a pequena Lyandra iniciou seu treinamento com sua mãe e o bárbaro Kenerel, um fiel amigo de seu pai, o finado rei Tiberion. Preparando-se para tomar o trono, a jovem monarca de cabelos loiros e olhos verdes divide seu tempo entre os treinamentos e os momentos de diversão com seu animal de estimação, o leão mágico Zion.

Depois de 10 anos de treinamento, Lyandra é proclamada *A Imperatriz das Sete Coroas*. Na cerimônia de coroação, a jovem sentou-se em seu trono com o leão Zion a seus pés e um ar de impetuosidade tomara conta de seu rosto, lançando um olhar de superioridade sobre os presentes. No dia da coroação de sua filha, Syfa pensa: "como queria que Tiberion estivesse aqui". Porém, lhe pareceu, ao olhar para sua menina no trono, que um vulto loiro e com dois metros de altura estava ao lado da filha. "Finalmente... a Imperatriz e o Leão estão unidos, cumprindo seus destinos..." pensou a rainha mãe, Syfa.

Depois da guerra, as gêmeas Anidria e Anadrai, a fim de preencherem suas vidas com mais alegria, e de consolidar uma nova dinastia sísmica, casaram-se com Cyperion e Cyperianna, respectivamente.

Ah, sim... Yufia está muito contente pelas coisas terem saído como planejado.